U0074227

聖誕小公公

Santa Claus

姚霆 著

推薦序　「不失赤子心、長存善事行」

邱怡仁

聖誕節是一個分享愛與關懷以及傳遞聖善美真的日子，而傳說中在聖善夜駕著麋鹿雪橇滿載禮物送給過去一年表現優良小朋友的聖誕老公公，在今日充滿商業化及快速變遷的社會，除了懵懂小孩仍然深信不疑外，隨著年歲增長，絕大部分的你我或許已然淡忘Santa Claus所代表的深刻意涵。

作者曾在本行資訊研發處服務多年，我們過往的交流只知其文采飛揚，講情重義，乃今之俠客，閱讀此書後方明瞭原來老朋友心裡一直住著

散播愛與恩典的聖誕小公公，也或許他本人就是故事主人翁的化身；經由自敘親歷的方式，帶領我們透過神奇任意門進入遙遠的北國，精靈的故鄉—雪花島，再於當地經過一連串試煉后榮登當年度聖誕小公公的驚奇之旅。

故事的展開是那特別的八點三十六分，當穿越的密碼，讓我們褪下世俗羈絆，一起來到帶有一絲武俠元素的雪花島，那裡雖然沒有郭靖與歐陽克追求黃蓉的場景，卻是一片象徵著人類原始良善的純真雪白，來過這邊的精靈們長相永遠保持如同初次來訪的樣貌，輝映著《孟子・離婁下》：「大人者，不失其赤子之心者也」。當然，為了持續散播愛、關懷及真善

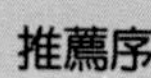

美的種子，精靈們每年也辛勤的引領新加入者一同回來朝聖，周而復始，世世代代，永不止息。

這是一部帶著正面能量有溫度的書，內容引人入勝適合闔家共同閱讀，故事引領我們一步步朝聖般去尋找聖誕老公公，隨著最終謎底之揭曉，而領悟原來你我皆可以為散播愛與恩典的聖誕小公公，喚醒每個人心中始終一直存在的純真赤子心以及願意貫徹行善的態度，能用這樣的態度去做每一件事，我們會更有活力。

就讓我們大家一起重拾對古老傳說的深信、樂於奉行善事，並且大方熱情地把所有愛、關懷及真善美傳遞出去吧！

（邱怡仁：上海商銀總經理）

自序

我相信在每個人的心裡，一定有一個自己夢想中的極樂之地。這地方會依個人年紀大小而異，少年者可能是聖經創世紀裡單純的伊甸園，青年者可能是被大西洋所環繞的島國烏托邦或是隱藏在喜馬拉雅山谷的秘境香格里拉，年長者也許就是柏拉圖筆下正義和諧的理想國。無論它是什麼，我卻確信這個虛幻的極樂之地絕對不可有具體出現的可能，直到某一天……。

我有一個純真可愛的十歲兒子，他是我的老萊子；他從不曾為我表演過彩衣娛親，卻反而經常在我面前冷不防地來個川劇變臉；前一秒才因為某件事而哭喪著臉，後一秒卻會為了同一件事笑開了懷，讓我哭笑不得地必須時時刻刻配合著他打太極拳般忽而扮演怒目金剛忽而客串低眉菩薩。因為他喜樂形於色的天真，讓我有一天突然頓悟，陶淵明筆下武陵郡外小國寡民的桃花源，事實上千百年來一直都存在的，只是人們尋錯了方向。它不在遙不可及的未知處，其實就存在我們每個人的方寸之地。一個人的內心就是一個人的桃花源，前提是那顆心必須是純真良善、與世無爭的，我相信只要人們讓自己的名利之心返璞歸真，便能瞬間進到夢想中的極樂境地！

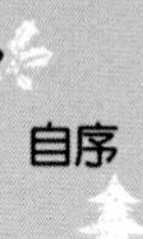

在連寫了幾本歷史武俠之後，我決定暫且換筆將自己悟出的這個秘密寫出來，就算是野人獻曝吧。我只想說每個人都有一個瞬間能進到雪花島的密碼，而這密碼就握在自己手裡。

在此要感謝上海商銀邱怡仁總經理在日理萬機中仍抽出時間看完拙著並惠賜推薦序，讓我雖已離開公司卻仍能親炙行訓的「溫馨、輕鬆、尊重」；今年恰逢上海商銀一百歲生日，在此順祝老東家生日快樂！

最後，還要感謝那位天真爛漫、善良純樸的小男孩吳小康，他是我創作本書的靈感來源，我將他寫進了書裡。

目錄

楔子

雖然冷得要命，但我還是再一次把兩隻手伸出外套口袋，用右手將外套左袖口往上拉開看了一眼手腕。沒有錯呀，現在的時間是八點三十八分，在8：38數字後面的兩位比較小的秒數格還在跳動，57、58、59、00，手錶上的數字時間跳成了8：39。

媽媽的聲音好像還在耳邊響著，那是在整整三分鐘之前她開口告訴我的一句話「八點三十六分！」，怎麼搞的，媽媽去了哪裡?!

我把快凍僵的兩隻手重新插回外套口袋裡，抬起臉來看看左右，再轉

過身體又看了看兩旁，儘管這個動作三分鐘以來我重複做了一萬多次了，但還是忍不住又做了一次。「不行！」我告訴自己要鎮定下來，看這個情形應該不是媽媽不見了，而是我自己不見了！她只用了一秒鐘就把我放生了！

我忽然想起在我外套內側的口袋裡放著一支手機，那是半年前爸爸因為工作需要換了一支新手機，於是把他原來用的那一支給了我。爸說有時候他和媽兩人同時加班時可以先傳簡訊給我，好讓在安親班的我知道他們當天會晚一些來接我回家。爸還說平常時間不要用，當我不在他們身旁時，如果發生了什麼緊急的事的時候才可以用來聯絡他們。儘管這支手機看起來有點舊，機身周圍的金屬外框都有明顯的磨損，但我收下它時仍然非常開心，我覺得自己好像一下子變成大人了。這半年以來除了收過幾次他們將會遲來接我放學的簡訊之外，我可從沒想到拿它來和他們通話，頂多是在無聊時玩些陸威廉替我下載的App遊戲，也因為有了這些遊戲才讓我覺得這支手機的可貴。然而，此刻的我發現了它真的是可貴極了！

太冷的關係，我手僵硬而遲鈍地摸出了暗袋裡的手機，發著抖按開螢幕，找到了通訊錄裡媽媽的資料格，按了撥號鍵後將手機貼在耳旁。可是立刻便像觸電一樣將手機拿開，它才離開我的口袋幾秒時間便冷得像是一塊冰。我聽到了手機裡嗶嗶嗶的小聲音，等我拿到面前才發現螢幕上顯示出「沒有訊號！」四個字。

於是我試了爸爸的號碼，接著又試了我安親班好朋友陸威廉的號碼，都沒有辦法接通，最後我也只有失望地將它放回我外套的內袋裡。

「八點三十六分！」媽媽剛才的聲音又在我耳畔響起。

老師曾經教導我們，越是遇到緊急的事情，越要定下心來應付。我鎮定地回想了一下，剛才的我明明是在京華城百貨公司裡的廁所前面，開口問了媽媽一句「現在幾點幾分？」之後我便伸手推開了廁所門，在我推門的同時聽到媽回答我上面這句話的。當我一進廁所便發現，好像我打開的不是廁所門而是冰箱門一樣，一股冷空氣朝我身上襲來。那廁所就像哈利波特裡的九又四分之三月台，或像哆啦A夢的任意門一樣神奇。

我的手錶此時是八點四十二分！

我媽帶我到京華城是吃過中飯後的事，我們在這個……嗯……在那個百貨公司裡混了一整個下午，直到剛才為止。但……我要說的是現在的時間應該是晚上八點四十二分，不管如何，如果依照現在的時間天也該是黑的才對，可是此刻陽光明明照在白晃晃的雪地裡，映得我眼睛幾乎睜不開來，難道現在是上午的八點四十二分嗎？我瞇著眼看了一下太陽所在的位置，它斜斜地在天邊站崗，是的，分明是上午時間，但，怎麼會這樣？

我媽帶我去京華城不知道有多少次了，每回只要我爸在假日時間加班，我媽就會載著我來這裡晃，她有她的東西可以買，我則有小孩子可以打發時間的「湯姆熊」。當我爸在公司將該做的事情做完後，我媽才會在百貨公司的某個位置打手機問我人在哪裡，然後來將我帶到爸公司再一起回家，在這之前她好像一點兒都不會擔心我會讓壞人給帶走。只要我提出這類問題時，她就會回答「放心！沒有壞人想要帶走比他還壞的人。」這

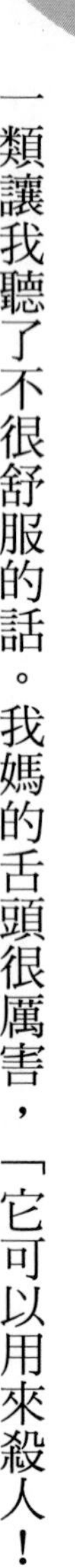

一類讓我聽了不很舒服的話。我媽的舌頭很厲害，「它可以用來殺人！」這是我爸說的。有時候我會想，也許我爸是因為這個原因才總是挑假日的時間去公司加班，就好比今天，一個快快樂樂的聖誕節，我爸他還苦命地到了公司做他那永遠也結束不了的事。

每當我和我媽兩人要離開百貨公司時，她也總是會先帶我到了廁所讓我上，不管我的肚子裡有沒有尿。因此，這間廁所裡無論是洗手台或是小便斗的位置，或馬桶間的間數等我都瞭若指掌，但那是現在以前的情形，此刻它們全不見了。我眼前所能見到的是白茫茫地一大片，這算是沙漠嗎？不對，沙漠裡應該很熱，而且顧名思義它也應該全是沙才對呀，所以這應該叫做「雪漠」，此刻我莫名其妙就從百貨公司裡的廁所門進到了一個不知名的雪漠裡了。

我望著前方，那是一片像海一樣看不到盡頭的地方，而我的身後一小段距離也就是我剛才「進來」的方位則有著一棵棵高到天上的大樹，它們本來應該有樹葉長在高處，但此刻完全見不到了，因為上面全覆蓋著白雪，厚厚的一層壓得高處的每一根橫枝都彎了下來，彷彿正低著頭問我來自何方?!

我沒有多做考慮，便轉身往樹林子裡走了進去。這個決定是我平常在家裡看電視，或是看書所獲得的基本常識，因為如果我不幸遇上了任何有可能侵犯我的動物時，至少有這些樹幹可以當我臨時的應急擋箭牌，可能讓我晚兩分鐘被野獸吞下肚，也許就是這救命的兩分鐘，能讓我重回到百貨公司的廁所內。這不是沒有可能的事，我能以兩秒鐘的時間裡從廁所到了雪漠，誰說不能在兩分鐘裡回到廁所？我有這樣的想法讓我覺得自己像是瘋了！

往回走進了樹林裡，這一段是上坡路，當我到達了林子的最高點時，發現了接下來的路似乎與剛才樹林的另一個方向一樣，它仍然是在一段林子的下坡路後接著一大片的雪漠。也就是說，除非我待在這個除了等著被凍死的樹林裡之外，唯一的辦法只有管它三七二十一的離開這片林子，往任何一個方向遠離這個樹林。

我在這片小山丘林的最高點極目四顧，決定朝著樹影的方向走下去，因為那將使我背對著陽光，至少它不會讓照在雪地上刺眼的光線反射得使我睜不開眼。兩年前在學校裡的眼科檢查裡，我被驗出了有一百多度的近視，從那時起，每天晚上上床前我媽都會替我的兩隻眼睛裡各點上一滴散瞳劑，醫師說這樣可以避免我的視力進一步惡化。這好像有一些效果，因為自從我開始點眼藥至今，兩眼也只增加了七十五度與五十度而已。不過，卻有個惱人的副作用，那就是當我上戶外的體育活動時，必須戴上一付讓我看起來像個盲人的墨鏡，媽媽說那是避免我的眼睛因為陽光過度的照射而受到傷害。

而此刻，我沒有墨鏡，所以我選擇背對著太陽，反正我也不知道到底

哪裡才是我的出路，我在原地轉一圈，我很擔心會不會這輩子再也回不到我家了！

第一章

此刻我站著的地方是視力所及之處的相對高點，於是我站在這裡將冷空氣吸入了我的肺裡後，張開口朝前方大叫一聲：「媽——」，叫完之後我呆立在原地，連回音都沒有。我想起學校自然課裡教的，聲音要遇到阻力才會反彈成為回音，而我在這樣的雪漠裡沒有任何回音應該是正常的，但我多希望能聽到傳回來媽媽的聲音吶！

我像剛才那樣又對著不同的方向叫了三次，依然等不到任何回音，於是我便邁開腳步開始前進，因為是下坡的關係，我花不到剛才走到林子中

央時間的一半，便下到了樹林的邊緣。接下來我哆嗦著身子，拿我自己的身影當成指引繼續往前方走去。

雪沒有下，大地像鋪上了一層棉花，映著日光一閃一閃地有點耀眼而美麗，我走的路是一條沒有路的路，可是從腳下傳給我的感覺，雪不會很厚。我有時會忽然想笑，我老爸不知道說過了多少次要帶我去看雪，但卻沒有一次履行過他的承諾，而現在我卻實實在在地踏在雪地裡。要不是因為在電視和電影裡看過雪景，我可能現在身歷其境了也還不知道這就是雪呢！但是，現在的我到底是在哪個地方呢？臺灣很少下雪，難道我是在合歡山上或是玉山上，也許吧，那是我從沒去過的地方，可是在電視上看過，它們也不是長成現在這個樣子的，我到底到了哪裡?!

我又走了大約學校操場跑道的半圈那麼長的距離之後，忽然間，我發現了在遠遠的地方有一顆紅顏色的東西在雪地裡閃了兩下之後不見了。我嚇得停止了全身的動作，兩眼盯著那顆紅光片刻之後慢慢地彎下身子，過了一陣子之後，那紅光又出現了，不過它出現的時間又只是短暫的一兩秒左右。我忽然覺得自己恐怕是到了一座寶地，那是一顆隱藏在雪地裡的紅寶石。有了這個想法後，我忍不住地直起身來，慢慢地往紅寶石的方向移動，讓自己更靠近它，但它的確是消失了，當我往前移動有四五步距離之後，再也沒有看到那閃爍的迷人紅光。

突然間，紅寶石又出現了然後又消失，讓我嚇了好大一跳，因為它出現在離剛才有二十公分距離的地方。咦，莫非它會移動？這回我提起了膽

子大步走向前去，就在快到達它出現的地方時，忽然一團像爸爸車子行李箱裡放的雞毛撢子一樣大小的白色雪球在我面前跳了一下，把我嚇得往後一屁股坐在雪地裡。

我的眼睛睜得好大，望著那個和我眼睛一樣大的紅寶石，它也望著我！哇，那居然是一隻小白兔，我和牠就這麼在這個雪地裡大眼瞪小眼。

「小白兔！」我慢慢站起身來，輕輕地對牠說話，「你乖乖，你知不知道現在我們在哪裡呀？」

牠抖動著毛絨絨的小身子回應我，眼睛眨巴著。

「小白兔！在這麼冷的地方你一定冷死了對不對，可是你是怎麼到了這裡的呢？這裡都沒有胡蘿蔔呀！來，我來抱你，我們一起找出回家的路吧！」

牠彷彿能聽懂我說的話一樣，把那長得像顆乒乓球般的小尾巴抖了兩下，上面沾著的白雪落了下來。我放慢動作把我剛才坐在雪地沾上褲子的雪花用手拍落，然後依然緩慢地躬著身體一步步走向牠。

本來我還認為牠會在我接近牠時跳開，可是我想錯了，小白兔完全沒有要逃跑的意思，牠只是圓著牠那一對紅寶石一般的眼睛望著我一步步地靠近牠。

直到我到了牠身旁才發現牠真的在發抖，「喔，可憐的小白兔，你好冷對不對？」我伸出兩隻手將牠慢慢地抱了起來，有一股暖意從牠身體傳到我的手心，「哎喲，你看你的肚子都是白雪，難怪你一直在發抖。這麼

說來你比我還可憐，至少我還可以站著而且我還有鞋子穿在腳上！」我用左手將牠抱著，用右手拉開我外套的拉鍊將牠放進了外套裡，然後將拉鍊拉上，只讓牠小小的兔頭露在外面。

「小白兔！」我低著頭對著那一對水汪汪的紅寶石說，「我們一起作伴找路吧！」

小白兔用他的小嘴在我下巴碰了兩下，好癢！我笑著把頭快速地搖了兩下，然後用臉頰在牠臉上磨了一磨，接下來我們倆就像是認識了好久的好朋友一樣，就這樣一人一兔走往不知名的前方。

本來，我並不那麼害怕的，我想只要我不轉彎直直地往前走，無論如何一定能走到一處有人住的地方，到那個時候我就可以請人幫我聯絡我的爸媽，至少讓家人知道我在哪裡。我又看了一下手錶，我和我媽已經分開一個小時又五分了，現在的時間是九點四十一分，我轉過身子抬頭看了一下太陽，的確，它比剛才又往天空升起了不少，我再回過頭看看自己的影子，它也變得比剛才要短一些。這更加確定了現在是上午，那我跟我媽分開到底要算是一個小時還是十三個小時呀？想到這裡我又有些害怕了，萬一我一直走下去都還是像現在一樣白茫茫的一片，那該怎麼辦呢，也或許我剛才應該留在我不小心離開百貨公司廁所的那個地方才對！

心裡這麼想，但我還是一步一步地又往背對著太陽的地方，也就是西方走去。

走著走著，我和小白兔已經離開了我們相遇的地方半個多小時，我的兩隻腿幾乎沒有辦法再走了，但在這裡完全沒有讓我休息的地方，我總不能坐在雪地裡吧！

我停下腳步，低頭看了小白兔一眼，這小東西在我胸前閉上兩眼像在睡覺。「小白兔！」我輕聲對牠說，「你快告訴我呀，你到底是從哪裡來的，總不會你也是從百貨公司的廁所裡到這裡的吧，而且你總是要吃……」我話才說到一半，小東西的眼睛忽然睜了開來，看著我，像要對我說話，「小白兔，可惜你不會說話，我現在好無助，如果……」

正當我的話說到一半，冷不防就在我身體前方不遠的雪地上「啪！」地一聲，它竟然炸開了一個大洞，我被嚇得又一屁股坐在雪地上，張大了嘴巴，看著那個地方。

我愣坐在雪地上沒有十分鐘恐怕也差不了多少，這時我才發現那並不是被炸開來，而是有個木門被從地下往上推開，因此現在木門的內面正「躺」在雪地裡，它在全白的地面上顯得十分突兀！

「這……那……那是地……地獄嗎？」我心突突地狂跳著。

就在我的心漸漸平靜下來的時候，忽然有個東西從我面前一閃而過，這下又把我嚇得「哇！」了一聲以手撐著雪地，用我的小屁股往後連移了好幾步。我看到了一坨小白球咚咚咚地滾進了木門旁的那個洞裡，咦，那是我大衣裡的小白兔！

我一看之下嚇了一大跳，萬一那個洞裡有水，或是洞的深度太深，那

麼小兔子不就有了危險。不想還好，一想到這些我立刻跳了起來，接連跨了幾大步到了洞口旁，伸頭往下方張望。

「哇！米米娃大拉卡輸」在洞口我見到了一個比我還小的紅衣小孩，他被我突然伸出的頭嚇了一跳，口中叫著一串怪話的同時，小身子咚咚咚地從洞口往下滾了去。

我雖然也被他嚇了一跳，但卻沒他那麼誇張，也許是因為我擔心著小兔子的關係。但儘管如此，我還是本能得往後退了兩步。

我安靜地不敢動彈，但沒聽到洞裡再傳出聲音，於是慢慢地又移步走向洞口。等我走得越接近才越看清了它根本不是一個洞，而是一個有樓梯通往下方的，嗯，應該算是一間地下室吧！

我站在地下室門口往裡看，只見樓梯大約有十多階，它其實是用簡單的木頭搭起來的。樓梯的最下方居然不只一個小孩而是兩個，他們都穿著相同的紅衣服，兩人彼此扶持正仰望著我這裡，因此我弄不清楚剛才跌下去的是哪個。

「你們好！」我對他們兩人說，只見兩人聽了我說話後彼此互望了一眼，又盯著我瞧。

我心裡開心極了，在這樣的冰天雪地裡總算讓我遇到人，「對不起，害你們被我嚇了一跳！其實我也被嚇一跳，請問一下你們知道這裡是哪裡嗎？」

「你先進來好了，外面冷死了！」其中一個頭戴著草帽的小孩對我說。

「哦！」我立刻上前跨出腳，踩在木梯上準備下樓去，但走了兩階後看了剛才被推開此刻躺在一旁的木門，「那門要關上嗎？」

草帽小孩對我招招手說：「哎呀，你先下來，想冷死我們呀！等你下來了我再上去關門。」

於是我半彎著身子小心翼翼地踩著木階，免得也像剛才那小孩一樣用滾的下去。

等我終於走到了下面，草帽小孩才「咚！咚！咚！」麻利地兩階跨一步就上到了門口，他跑到外頭將門拉著，又從剩下一肩寬的縫裡鑽了進來將門一放，頓時屋裡就黑了一大半。

我望著我身旁站著的男孩，他也盯著我看，邊看還邊用手揉著他的屁股，好像剛打過預防針一樣，因此我知道剛才是他被我嚇著的，於是我對他說：「對不起，我看到地上突然變出了一個洞，我的小兔子跳了進來所以我才過來看一下！」

「你的小兔子？」那男孩尖著聲音說，「牠什麼時候變成你的了！」邊說邊用手指向牆邊。

因為房間裡比較暗，我到現在才漸漸適應地看清了這間長方型的地下室，而小白兔此時就乖乖地縮在牆根下。

「你好，我叫小龍！」剛才關門的草帽小男孩此時已走了下來，在我面前朝我伸出右手，「你叫什麼名字？」

「我？喔，」我也立刻伸出我的右手，「我叫吳小康！」

「哇！」他一碰到我的手便像觸電一樣立刻縮了回去，「好冰呀，小陽！」

「幹嘛？」站在一旁的另一個尖聲男孩開口，原來他叫小陽。

「你把你的那件皮衣借給吳小康吧，瞧他快變冰柱了！」小龍說。

「哦，」小陽快步走到牆邊，將掛在牆上的一件小孩皮衣拿下來，但卻又走到了另一個牆角，那裡放著一張簡單的有著兩個小抽屜的木製方桌，他打開了左邊的抽屜單手翻了半天之後，摸出了一樣東西便笑著朝我走來。

「來，」小陽將皮衣交給小龍，「你看他凍得嘴都變紫色了，還是你替他穿上吧，我來搓兩包暖暖包給他！」說完便撕開暖暖包的小袋子自顧自地搓揉了起來，原來他剛才從抽屜裡拿出的東西是暖暖包！

小龍替我套上衣服，的確，和他俐落的動作比起來，我還真的顯得相當遲鈍。

這件衣服穿在我身上很合適，就像是我自己的一樣，但小陽看起來比我還要矮小，所以他媽媽和我媽一樣，總愛買大兩號的衣服，讓自己的孩子像穿戲服。小龍才剛替我穿上衣服，我一抬頭便看到小陽站在我面前，笑兮兮地把手上的東西塞進了我穿在身上的皮衣口袋裡，說：「已經有點暖了，過一下子以後會更暖！快把你的手放到口袋裡。」原來他在我兩邊

衣服口袋裡放進了剛搓熱的暖暖包。

我把兩手放進口袋，暖呼呼地非常舒服。我忽然間想起來一件事，於是把兩手握著的暖暖包拿了出來，走向牆腳，在小兔子前蹲下身。我把手中的暖暖包連同小白兔一同抱起，又將他們同時塞回我的外套裡。

「哈，吳小康，你不用擔心猴兒，牠是不怕冷的！」小陽笑著說。

小龍過來拉起了我的手往一旁的的木椅走去，「來，我們先來說說話，現在時間還早，再等半個小時才出發也還不遲！」走到了剛才那個木桌處，小龍自己選了一張椅子坐下，並指了指他旁邊的那張，我看桌子的對面還有一張，於是便大方地坐了下來，心想另一張小陽會來坐。

小龍開口問我：「你幾歲？」

「十歲！」我毫不考慮便說了，但一說出口立刻又改口，「十一歲！」

小龍看著我，沒有說話。我才又說：「應該是十一歲吧，不知道，我媽有時候說我十一歲有時候又說我十歲！對了，這裡是哪裡，怎麼四處都是雪？」

「雪花島當然四處都是雪呀！」我這時才發現這口音有點怪怪地，聲音從我後面傳來，我回過頭去，這才看到說話的是小陽，他在屋子的另一邊拿著一顆顆小果子餵著坐在他面前地面上的一隻小猴子！

「啊，小猴子！」我忍不住立刻站起身來，打算過去同猴子玩，但手臂卻讓小龍一把抓住，他說：

「別管那猴兒了，我跟你說話呢！牠其實就是剛才引你來這裡的那隻小白兔。」

「蛤？什麼！」我聽了完全莫名其妙。

小龍指了指我皮外套前方拉鍊盡頭。我順著他的手指低頭一看，咦，和暖暖包放在一起的小白兔跑哪裡去了？我立刻把拉鍊拉了下來，只見到兩個暖暖包還在我懷裡，但兔子卻消失得無影無蹤了。

「根本沒有兔子，」小龍對我笑著說，「只有猴子，那猴子是小陽的寶貝女兒，牠早飯還沒吃，小陽得先餵飽牠，否則等一下我們外出了，牠會把這裡當成天宮搞得天翻地覆！」

我把兩手伸出口袋在自己身上一陣亂摸，又轉頭在屋裡東瞧西看：「剛才小白兔明明還在我身上的！」

小龍說：「那不是小白兔，其實牠就是那隻猴子。先跟你介紹一下好了，小陽是個魔術師，是他一早把他的猴女兒變成小白兔的。所以你也不用擔心小白兔會冷，因為牠根本不是小白兔，而且就算是小猴兒也不怕冷。因為只要牠一覺得冷，立刻就會在原地連翻了上百個跟斗，別說牠翻完後會一身大汗了，連我看牠翻都看得流汗。跟你說吧，我和小陽兩個人都是精靈！」

「精靈？」我驚訝地大聲。

「是呀，你不用大驚小怪的，在雪花島上你看到的幾乎都是精靈，這

裡算是我們的故鄉！」小龍邊說邊伸手將我的皮衣拉鍊拉上，「今天聖誕節，是我們精靈族的大日子！」

哦，是呀，今天是聖誕節了，小龍不說我還都忘記了這回事，我是在聖誕節的中午和我媽一起出門去百貨公司待到了晚上的，我好奇地問小龍：「你說今天是聖誕節？」看小龍點頭，我再接著問，「那現在是聖誕節的早上？」小龍依舊點頭。

我忍不住開口說了：「可是我已經過完了今天的白天了呀！」

小龍一付不想理我話的樣子，我心想無論怎麼解釋他也不會懂，於是我只有又開口問他：「這裡是雪花島，雪花島在哪裡？」

小龍開口：「說了你也不一定會知道，你從哪裡來的？」

「從廁所！」我想小龍可能以為遇上了外星人了。

我忽然想到了，於是伸手將皮衣拉鍊拉下，再拉下我自己大衣的拉鍊，摸出內袋裡的手機來。我開了機拿手指滑動螢幕，說：「你等我一下！」

小龍把頭湊了過來，看一眼後說：「這手機型號我看過，不過沒有用的，這裡收不到訊號！」

「你看！」我興奮地將螢幕遞到了小龍面前，「我只是叫出地圖來，不是要打電話。我知道沒有訊號，因為我把我媽弄丟了以後有打過，但沒有用。」我手指著螢幕上的地圖，「你告訴我，我們在哪裡，雪花島在哪裡！」

小龍把手機接了過去，低頭研究片刻，然後也用手指在螢幕上滑呀滑地。

我心裡才正在納悶，精靈怎麼也懂得用手機時，只見小龍將兩隻手指往螢幕內拉了兩次，然後將畫面遞到我面前，說：「喏，我們在這裡！」

我看了後幾乎要叫了出來，他居然把地圖縮小到幾乎整個地球裡的土地跟海洋都被包含在螢幕裡。而小龍手指的地方竟是在地球的最上方。

我驚訝道：「這裡是北極?!」

小龍看我驚訝的表情，忍不住笑著點頭。

我幾乎不敢相信，又開口問了一次：「你是說雪花島在北極，而我們現在就在雪花島上？」

小龍依然笑著點了點頭。

我將手機的地圖畫面放大開來，直到放大到不能再大時，我拿給小龍看，問他：「你說，雪花島在哪裡？」

「在北極呀！」他看都不看一眼便回答我。

「北極的哪裡？」我窮追不捨。

小龍把手機拿去，又把地圖縮到最小，指著地圖最北端說：「你知道這裡是北極嗎？」

「我知道！」我驕傲地回答他，看著小龍手指指的北方最大那塊地方說，「我們社會課剛學到，這裡是格陵蘭島！我社會期中考滿分呢！」

「格陵蘭很大的，應該不算是島。雪花島在他的右邊，」小龍邊說邊

又將地圖放大，持續放大，「它在……」持續放大，「在……」地圖已經放到幾乎最大了，他才用手指用力點了一下，「喏，在這裡！」

我睜大兩眼驚訝地說：「什麼？你說……說……我們在這裡？」我不可置信，「這裡是雪花島？」

小龍又只是點頭。

「它有我們臺灣一半大了！可是……，可是我怎麼可能……，剛才我還在臺灣吶！」

「哈，你從臺灣來的呀？」小陽在另一邊的牆角說話，我回過頭去，看到那隻猴子現在正爬在他肩上撥弄著小陽的頭髮，顯然牠已經吃飽了閒著沒事幹！

小龍開口問我：「還有一點時間，你快告訴我你是怎麼來這裡的呢？」

我把小龍已經放在桌面上的手機拿起來，放回我自己的外套內袋裡，心想，我和他們說實情他們會相信嗎？不管了，別說他們不會信，連我自己都不太相信，但不說又能怎麼辦呢，我只有把實情說出來吧！

小陽看我準備要說，於是將小猴兒放回牆角，從他口袋中掏出一個小一號的魔術方塊來丟到地上，那小猴子吱吱吱開心地叫著，然後拿起了魔術方塊在手上玩了起來。牠真的在轉動方塊，而且還邊玩邊伸手抓頭，多不可思議，還真的像是孫悟空呢！

小陽走了過來，往我和小龍前方的那張椅子上坐下，兩眼盯著我，等待著。

＊＊＊　＊＊＊　＊＊＊

我看了一下手錶，上面的數字相當盡責地跳動著，顯示出現在的時間是十點二十八分。

「我的錶現在是十點二十八分，」我有意抬高手腕，將錶面往小龍面前放了一兩秒後又移往小陽的方向。小陽離我們遠了一些，但看得清看不清我覺得不是重點，「其實應該是晚上才對，可是我不知道為什麼現在這裡是白天！我……」

「現在是聖誕節的白天！」小陽用他尖尖的聲音打斷我的話。

小龍看了我一眼，便對小陽說：「別插嘴，快讓他說！我們馬上要出門了。」

我問：「你們要去哪裡，別丟我一個人在這裡呀！」

小陽說：「我們要去廣場集合！」

小龍接著說：「你放心，我們會帶著你一起去的。吳小康，這樣好了，你不要管雪花島這裡的時間。假裝現在你還在臺灣，那現在已經是晚上了，你只要跟我們說一說你今天一天是怎麼過的就可以了。」

「今天是星期六，因為我爸近來公司的事情比較忙，所以他必須去公司加班，」我邊說邊伸出舌頭舔了一下嘴唇。

「你等我一下！」小龍打斷我，站起身來伸手拿了放在桌上的一個長長的保溫壺，打開壺蓋立刻有一股蒸氣從裡頭竄了出來。桌面上另外放了三個杯子，他將水壺裡的熱水倒進杯子裡，然後將杯子放在我面前，說：「你等一下再喝，它還太燙，不過沒關係它冷得很快！」邊說邊又倒了另外兩杯給小陽跟他自己。

我當時看到三個杯子時，心裡便覺得有點兒怪，彷彿他們早已經知道我會出現，但這想法只是一閃即逝，直到證實了果真如此時，那已經是後來的事了。

我繼續往下說：「因為是星期六不用上課，我一直睡到了十一點才被我媽叫醒。我媽叫醒我以後跟我說她今天不想煮飯，說要帶我去百貨公司的美食街吃。其實我媽這麼說我就知道我會在百貨公司裡混一天了，因為她經常這麼做。我爸的公司就離京華城不遠……」

小陽開口問：「京華城是臺灣的一個城市嗎？我只有聽過臺北跟臺南！」

「京華城不是城市，它是在臺北的一個百貨公司的名字。」我說。

小龍笑著說：「怎麼讓人聽起來像是北京城！來繼續，你說你爸公司就在京華城不遠。」

我繼續說：「對，我爸在假日加班的話，我媽就常常帶我去京華城。因為在那裡她可以去逛街買她想買的東西，但主要的是那裡有兒童遊戲區，當她去逛街的時候就會給我一些零用錢，放我一個人在遊樂區打發時間，」我將放在桌上的手機拿起來，「因為這樣所以我爸把他的這支舊手機給我好方便聯絡。結果今天也是相同的情形，我媽中午開車載我到了京華城，我們先在地下街吃過了中飯，然後我媽把我帶到頂樓的誠品書店看書。我跟我媽一直待到了下午三點多，她替我挑了一本童書後，陪我到了兒童遊樂區，之後她就去買她自己的東西了。」

「一直待到你爸加班完畢嗎？」小陽開口問。

「不是，我在遊樂區混到了快六點，肚子忽然好餓。就打手機給她，五分鐘後她就來接我，接著我們兩個就到一樓的走道區，那裡有不少小吃店，她逛街也逛累了，而我因為肚子餓，所以在那裡連吃了兩家店裡的東西。我們兩人吃得很慢，直到快八點的時候，我媽手機響起，是我爸打來說他再過半小時左右下班。這時我和我媽才從一樓離開！」

小龍聽到這裡，才開口說：「可是你爸不是說還有半個小時才下班嗎？那你們又去了哪裡？」

我想起了白天在京華城的事，不知不覺地忍不住便笑了，「我跟我媽說，今天是聖誕節，可是我已經好幾年沒有收到過聖誕老公公送的聖誕禮物了！」

小陽也笑著說：「你到現在還相信有聖誕老公公呀？」

「咦，你怎麼知道？」我驚訝地問小陽。

小陽跟小龍也睜大眼睛異口同聲：「知道什麼？」

我說：「知道我媽說什麼呀！」

他們兩人互相望了一眼，然後小陽說：「你媽說什麼？」

「我媽就是問我你剛才說的那句話呀！」我繼續說，「她從我上小學開始就跟我說我長大了，聖誕老人不會再送上小學的小朋友聖誕禮物了。所以我知道不會再有聖誕老公公送我禮物。可是就在去年，我們班上一個我的好朋友叫陸威廉的他在聖誕節後帶給我看他得到的聖誕禮物，一盒我早就想得到的正版爆丸組。我跟他說根本沒有聖誕老公公，那玩具其實是他媽媽或是他爸爸買來送他的。」

小龍和小陽兩人聽我這麼說都笑了，小龍說：「那你的好朋友怎麼說？」

「他說確實是有聖誕老人，只是我們不相信而已。我告訴他說他的禮物其實是他爸爸或他媽媽買好卻假裝是聖誕老人送給他的。」我拿起了水杯喝了一口水，「可是他告訴我說，他爸跟他媽也告訴他說根本沒有聖誕老人！」

小龍說：「那他沒問他爸媽，他的爆丸是哪裡來的？」

我回答：「他爸媽說那是他爺爺送的！」

「他爺爺？」小陽問。

「對！」我告訴他們，「陸威廉跟我說，他爺爺跟他說了一個秘密，說其實聖誕老人真有其人，只是大人們都不相信罷了。他爺爺說他保證沒有去買聖誕禮物，而那禮物確實是聖誕老人送的。他爺爺告訴他說：『爺

爺跟你說，聖誕老人其實是真的存在，我就親眼看過聖誕老公公！』，這是陸威廉告訴我的。他還說他爺爺對他說了一段很怪的話『你最好不要相信我，就當我是騙你的，否則我就要算是洩露秘密了！』」

小陽問我：「那你相信嗎？」

「我不知道！」我真的不知道，但其實不相信的成分大一些，「可是今天我爸還要等半小時才下班，我就吵我媽說帶我去百貨公司裡的玩具反斗城看看。我想今天因為是聖誕節，所以在反斗城裡應該有不少好玩的玩具，如果我媽心情好，也許她會買一樣玩具給我也說不定！」

「結果你媽帶你去了嗎？」小龍問。

小陽又補上一句：「買玩具給你了嗎？」

「我媽帶我去了，」我回答他們，「可是沒有買給我任何東西，我在那裡有看到陸威廉去年就得到的爆丸組，我問我媽可不可以買給我！她說不行，然後讓我在那裡看著玩具流了二十分鐘口水後就拖著我離開了。當我們離開玩具區一段距離之後，我真的很想要那組爆丸，所以邊走邊回頭看了一眼，就在這時卻發現了一個人！」

小陽說：「陸威廉！」

小龍說：「你爸爸！」

「什麼啦！不要亂說好不好，」我嘟起了我的嘴表示抗議，因為他們那麼說好像說陸威廉是我爸爸！「那人是一個老人，是陸威廉的爺爺！」

小龍訝異道：「蛤，是他？有那麼巧的事，會不會是你看錯了呀，那他有沒有看到你？」

「我轉頭回去看到他的時候，他正在看我，而且臉上露出了一種我很難形容的笑，我覺得那笑容有點詭異！」

小陽又問我：「你會不會看錯人哪？我們經常心裡想著什麼人，就會把別人錯看成心中所想的那個人。」

「不會！」我很賭定地說，「每個星期至少有三天，放學的時候都是威廉他爺爺來接他回去的，我絕不可能會看錯，何況今天在百貨公司他爺爺還對我笑呢！」

小龍問：「那你跟你媽就離開了嗎？」

「本來是要離開的，我媽在去地下停車場開車前都會要我先在百貨公司的廁所尿完再上車，免得我在車上吵著要尿尿！」

小陽笑著拍手：「哈，小孩子就是小孩子！」

他的話讓我聽了不太舒服，我是小孩子沒錯，但他看起來也不會比我大，搞不好我還比他大呢，但我是客人也不好說什麼，只有繼續說下去：「我媽帶我到了廁所，她在門外等我，在我伸手推門之前問了她一句『現在幾點了？』，然後我就推開廁所門，只聽見我媽在門外的回答聲音『八點三十六分！』。可是等我回頭一看，居然……居然……」

小陽跟小龍這次只睜大眼睛等待著。

「居然廁所裡都是雪……嗯，不是這麼說……應該說進了廁所門後我發現根本沒有廁所的影子，眼前是一片雪地。哪有什麼廁所，我嚇了好大一跳，立刻回過頭去看，這下差點沒暈倒，居然身後也是一片雪地，雪地前方就是一片樹林，連廁所門都不見了。我大聲叫了好幾次『媽！』，可是卻連回音都沒有，就這樣，我就到了這裡！」

小龍跟小陽兩人又互看了一眼。

「我發誓，」我把右手舉了起來，「我說的都是真的！」

小龍露出笑容，說：「你不用發誓，我們沒有不相信你！只是……只是，吳小康，你告訴我們，你相不相信真的有聖誕老公公？」

小龍提出的問題我覺得很奇怪，於是看了小陽一眼，他見我在看他，就猛點了幾下頭。

我想了一想，回答：「說實在，我從三年前就不相信了！那些小朋友得到的聖誕禮物其實都是父母買回來的，是他們假藉聖誕老公公的名義把禮物送給自己小孩的！」

「哎呀！」小龍看了我放桌上的手機上的螢幕，起身說：「時間太晚了，我們快點出發吧，要不真的會趕不及了！」

小陽聽了後也立刻站起來，離開了椅子。

我急著問：「那……那你們到底要去哪裡？」

他們兩人異口同聲地回答我：「我們要去見聖誕老公公！」

聖誕

小公公

第二章

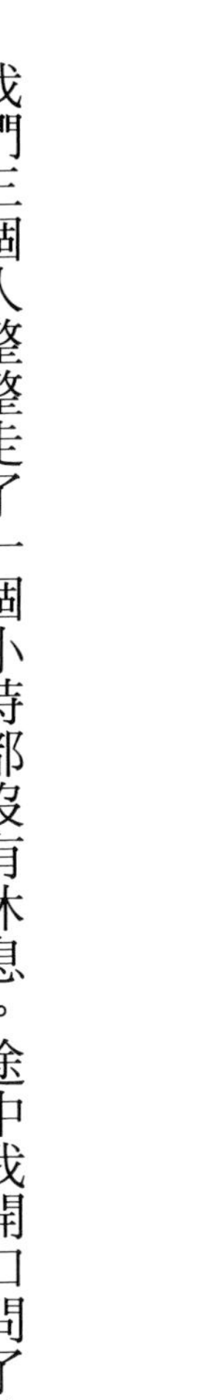

我們三個人整整走了一個小時都沒有休息。途中我開口問了他們兩個「精靈」真的有聖誕老公公嗎，他們也只是簡單的回答我說：「等你看見了以後，你就會相信了！」在一個小時的路程中，我懷疑了一個小時，我覺得我會一路懷疑下去，直到我見到了真的聖誕老公公為止。不！就算見到了也許那也是人類假扮的！

但我真的走得有點累了，看到前方有一疊石堆，我開口問：「我們可以在那裡休息一下嗎？我好累喲！」

「不行！」小龍斷然拒絕我，「行百里路半九十，我們得在天黑的時候趕到廣場去，否則恐怕見不到聖誕老公公。要休息也要等走到了小蘿的山洞那裡才可以休息！」

「那還得要多久的時間吶！」我抗議，「你們兩個是精靈，可是我又不是。我哪有你們有精力，都不休息呀！」

小陽這回站在我這邊，說：「小龍呀，吳小康說得也有點道理，還是讓他休息一會兒吧！」

小龍不理小陽，我覺得他反而加快了腳步，邊走還邊說：「你別忘了，今天午夜聖誕老公公還要出發去世界各地發放禮物，我們可不能成了害群之馬！」

小陽聽小龍這麼說，也只有跟上小龍的腳步繼續前進。

我雖然很想看看他們口中的聖誕老公公，但在我的心底還真的懷疑他們對我說的話。不過，經過進廁所後發生的一切，又讓我真得又好奇又期待。儘管我很累，可是現在的我，除了一路跟著這兩個自稱是精靈的小孩前進之外，我又能怎麼辦呢？如果這裡真的是在北極，那我可不想獨自一個人待在北極的雪地裡呀！萬一遇上了北極熊可不是鬧著玩的了。

小陽說：「小龍你說！我們幹嘛住得那麼遠，像小蘿一樣不是很好。我們必須得一早就出門趕路，不像她過了中午再出發就可以了！」

小龍回頂他：「你要像她一樣照顧好幾隻調皮的麋鹿，那你就搬去跟小蘿一起住，順便幫她照料那些排泄物臭死人的麋鹿。我呢，還是住回我

的老地窖溫暖些，如果吳小康願意的話，他來陪我一起作伴！」

「我才不要！」我聽了嚇一大跳，忙說，「我要回我家，你們要替我想辦法！」

小龍聽我這麼說，停下了腳步，注視了一臉緊張的我之後才開口：「船到橋頭自然直！你放心，等見到了聖誕老公公之後，我保管你可以回到臺灣，回到臺北，回到自己的家！」

「真的?!」我有點不敢相信。

小陽回我：「當然是真的，我們精靈從來不說假話，到時你就知道了！」

我雖然還是有點擔心跟懷疑，但卻不像之前那麼緊張了，只能在心裡安慰自己說這裡是精靈的地盤，他們一定會有辦法的。這時又想到了小陽剛才說的，如果精靈真的都不說假話，那麼聖誕老公公就真有其人囉。想到這裡，儘管我的兩腳很痠，但我還是咬緊牙，跟著小龍與小陽兩人繼續向前走去。

大約又走了十分鐘，遠遠看到前方有一處用帆布搭起的棚子，棚子下放著桌椅，我正要開口提問，就聽見小陽指著棚子對我說：「吳小康，你看那裡有地方可以休息了，我們快點去吧！」

小龍也說：「到了那裡先吃一些東西，補充一下體力，休息大約半小時之後再出發，到時吳小康就不會覺得累了！」他看我一眼後，露出了微笑，「這我有經驗，之前走這一段我也和你一樣！」

我問：「那是什麼時候的事？」

「不告訴你！」小龍笑著回答，見我有些驚訝的表情後才又說，「等到見了聖誕老公公後，你就會知道一切了！」

他們說來說去都拿這個來搪塞我，但我也沒有辦法，看來也只有走一步看一步了，一旦到了他們說的目的地之後，不管有沒有看到聖誕老公公，反正真相便可以大白了。

我們三人終於走到了棚子，那好像是在公園裡的亭子一樣，但棚子頂是用一種枯草舖成的，上頭都積滿了白雪，只在尾端露出一些枯黃，讓人認出頂部是草舖的。

小陽坐下後彎腰將自己袋子口打開來，從袋子裡拿出一個水壺。我看著他的動作，滿心以為他是要喝水了，因為其實我也口渴得打算向他要水喝。卻不料，他又從袋子拿了一個小杯子，將水壺裡的液體倒到了壺蓋裡。到這時我才發現他倒出的東西是紅色的看了讓人怪害怕的液體。

小龍也從他自己的小袋子裡拿出了一個裡頭包了東西的塑膠袋，當他以兩手將塑膠袋扯開來的同時，一陣香死人的熟悉味道朝我撲面而來。只見他又從袋子裡拿出一個小盒子，打開盒蓋裡面有兩支小鋼叉，他拿了一支鋼叉往塑膠袋裡小心地插了一會兒，舉起手腕來。咦，居然叉出了一支香噴噴還冒著熱氣的香腸來。

「咕嚕！」我兩頰瞬間冒出一堆口水來，只能往肚子裡吞。

小龍把手往我面前一伸，說：「喏，這支給你！吃吃看。」

我迫不急待地接手過來，立刻咬了一大口，哇，的確是美味無比的香腸，很難想像我居然能在如此偏遠的北極吃到熟悉的東西。

「這杯給你！」

我邊咬著熱騰騰的香腸，邊往我面前的桌上看，小陽放了一個杯子在我面前。

「喔哦……」我嘴裡嚼著香腸，不清不楚地說話，「這……唔……是什麼？」

「那是……，喂！……」

小陽話才說一半，冷不防我眼前的那杯剛從他水壺裡倒給我的飲料，居然被小龍一把搶了過去。

小龍將杯子放在面前端詳片刻，又用鼻子靠近嗅了半天，這才將杯子放回我面前，說：「嗯，這還差不多。吳小康，你喝！」

「怎麼？」小陽滿臉不開心，說：「你以為我給他酒喝嗎？」

小龍一臉歉意，說：「好，對不起，誰要你那麼愛喝酒，我真的以為……」

「拜託哦！他還是個小孩子，這點分寸我還是有的啦！」小陽嘟嘴反駁。

我好奇地開口問：「什麼，小陽喝酒？」

小龍回答我：「是呀，他最喜歡喝紅葡萄酒跟透明的清酒了，每次都藉口下雪天氣太冷！」

「就真的太冷了嘛！」小陽回答，然後又從壺裡再倒了一杯蓋。

「可是……」我滿心疑惑，「可是小陽是小孩子呀，怎麼可以喝酒？」

小龍與小陽面面相覷後，小陽靦覥著說：「沒啦，偶爾喝喝。我們精靈跟你們是不一樣的，其實我已經不算是小孩子了！」

我追問：「你幾歲了？」

「這是秘密！」小陽與小龍異口同聲回答我。

我沒有再追問「為什麼？」，因為眼前有更吸引我注意力的一幕出現了。

小陽將剛才倒好的一杯「飲料」放在面前，然後從紅色外套拉鍊裡單手捧出了一隻白絨絨的小東西來，那是我一早在雪地裡遇到的小白兔。

「這……，那……」我吞吞吐吐地。

小陽沒有理會我，只自顧自地將小白兔放在桌上，那小兔子立刻低著頭朝盤子裡的紅色液體啜飲起來。

「你不用這這那那的！」小龍看著我說，「沒有錯，這小白兔正是你抱來我們屋子裡的那隻，也就是在屋子裡的那隻猴子。也不用奇怪，剛才不是跟你說過了，小陽是個魔術師！」

我覺得真是太神奇了，看著小兔子喝，我忽然也覺得好渴，於是低頭看了面前那杯飲料，紅紅地有些怪。

小龍看了我這樣子，笑著說：「放心喝呀，您瞧小兔子喝得多開心就應該猜到是什麼了，這是非常營養的胡蘿蔔汁！你喝喝看，滿好喝的，渴的時候尤其好喝。」

我拿起杯子喝了一小口，哇，的確是鮮美無比。於是便大口地連喝了三口，它雖然冒著熱氣，但不會燙，溫度剛剛好。我用舌頭舔了舔留在唇邊的胡蘿蔔汁，然後開口問：「這麼冷的天氣裡，為什麼你們袋子裡的東西都是熱的呢？」

小陽回答我：「工欲善其事，必先利其器！」

小龍接著說：「這些東西都是在見到你之前我們就準備好了的，我們本來就要出門，東西熱好了以後放在保溫袋裡才出門的，所以現在拿出來當中途的點心剛好。這麼冷的天氣，能吃喝到熱熱的東西，那才叫幸福呀！」

小陽看著小兔子喝著牠的胡蘿蔔汁一會兒，接著他便拿起了手中剛才小龍交給他的一支香腸，三口當一口地將它給全吃了，然後拿起自己的水壺對著嘴，一口一口將裡面的胡蘿蔔汁全喝完。

另一旁的小龍也剛吃完他自己的香腸，接著拿起他面前的一杯胡蘿蔔汁喝。

我看著這兩個精靈吃得挺認真，而這兩樣東西也都很好吃，於是也加快速度將它們都吃完。

「好！」小龍看我和小陽都吃完面前的東西，而那隻小兔子也將盤裡的汁都喝完，還拿小舌頭將盤底舔得亮晶晶的，便開口，「我們走吧，吃飽喝足了，該積蓄了不少力氣，走囉！」

「出發囉！」小陽將我和小龍面前的杯子以及亮晶晶的盤子一一收進了包包裡，然後抓起小白兔一樣放進外套，站起身來說，「往下一站邁進！去找好久不見的小蘿。」

於是我們三人一兔在吃喝完畢之後，便又一起出發了。

「你們說的小蘿是誰？」我開口問。

小陽說：「小蘿就是小蘿！」

小龍說：「就好像吳小康就是吳小康一樣。」

「我的意思是說，小蘿也是精靈嗎？」

小龍回答我：「在這個雪花島上，每個人都是精靈！」

「吼～」我伸出了右手食指，往小龍面前上下搖擺，「你不是說精靈從不說謊的嗎？現在說的就不是實話了！」

小龍不太開心的表情：「我怎麼沒說實話了？」

我說：「你說在這個雪花島上，每個人都是精靈。可是我就偏偏不是呀！」

小陽搶在小龍開口之前，說：「你也是精靈！」

「對！」小龍附和。

「什麼？」我有點不敢置信，「你們說……我也是精靈？」

「是呀！」兩人回答。

「可是我……」

小龍打斷我：「兔子不曉得牠叫兔子！吳小康，你真的也是個精靈。這說來話就長了，等到今天晚上見到聖誕老公公之後，一切你就清楚了！」

我還想再開口提問，因為我真的是滿心疑惑。但小龍好像看出了我的心思，在我還沒開口，他便說了：「吳小康，我之前就跟你現在一樣有很多疑問，其實小陽也跟你我一樣，不過只是一天的時間，等到了晚上一切你都會清楚了。所以你也不要問這些，這就叫船到橋頭自然直！欸，我問你！」

「什麼事？」我說。

小龍半開玩笑地說：「你一早看到小白兔的時候，幹嘛把牠抓進你懷裡，莫非你想找機會吃了牠？」

「不好笑！」我嘀咕地回他，「就算我想吃牠，也沒有火呀！」

小龍說：「幹嘛要火？你不知道東西可以生吃嗎，像我們小陽就喜歡生吃動物，尤其是水裡的魚蝦類，有夠野蠻！」

我本來想做出噁心的表情，但忽然想到了我老爸，他也喜歡生魚片，便只「哦！」了一聲。

小陽這時開口：「我知道，你是想抱著我的小白取暖對不對?!」

「對！」我實話實說，「可是主要是想替牠取暖，我看到牠在雪地裡那樣子好可憐，牠可不像我一樣可以兩腳站在雪上，而是整個肚皮都貼著白雪。我想如果我像他這樣一定很希望能躲在一個溫暖的地方。所以我就把牠抱進了我的懷裡，剛放牠進我外套時，牠的身體真的好冰，等過了一陣子以後才暖和起來，不只牠暖，我自己也覺得身體也暖和了。以前我們老師總是說如果懂得互相幫助，就會有一加一大於二的效果，這下我真的想通了！」

小龍說：「吳小康，你喜歡動物嗎？」

「喜歡呀，我還因為救了流浪狗在朝會時被請上司令台表揚呢！」我說。

「真的嗎？」小陽興奮地好像接受表揚的人不是我而是他，「快告訴我你是怎麼救牠的！」

我回答說：「不是牠，應該說『牠們』才對，一共有四隻，也因為有四隻所以才會受到表揚。原因是，在我們校園裡不知道從什麼時候開始，有了兩隻狗。可能是學校附近有人棄養的吧！因為小朋友裡有人餵了牠們，後來就待在我們校園裡不走了，好像在我二年級的時候牠們生了三隻小狗，結果失蹤了一隻。從那個時候開始我們校園裡就變成四隻狗了，我們都戲稱牠們為『校犬隊』。」

小龍聽得津津有味，看得出他也喜歡小狗，他說：「好棒哦！那牠們是四口之家了。後來呢？」

「後來有一天，教育局的督學來我們學校發現了牠們後，回去寫了一份報告，說我們校園裡有這些狗狗，對學生會構成潛在的威脅。我們校長看到報告之後，便決定通知捕犬大隊來我們學校把我們的『校犬隊』帶走。」

「好可憐喲！」小陽苦著臉，「吳小康，你知道被捕犬大隊帶走以後的下場嗎？」

我說：「本來我不知道，可是後來聽我們老師說了。我好難過，於是要求老師去跟校長說給我十天時間，我來替牠們想辦法找個新家！」

小龍說：「你有什麼辦法？你媽不會允許你一次養四隻狗的！」

「真的耶！我一跟我老爸老媽開口，他們就說『不准！』，哈，我爸我媽兩人難得意見相同。有的時候我真覺得我爸和我媽的意見就像是一張鈔票一樣，他們永遠在一起，但絕不可能兩面朝向同一方向，一個朝上時，另一個就一定向下！後來是我老媽教我的，她說我們家住大樓不適合養狗，那樣會吵到鄰居，不如由我去學校用我的手機在校園裡替四隻可愛又可憐的狗狗各自拍照，然後再來想辦法！」

「替牠們拍遺照嗎？」小陽說。

「哎喲，不要亂說話好不好呀！」小龍生氣說。

「開玩笑的，開玩笑的，我的意思是給人看看是誰遺失了牠們的。」

我繼續說：「後來我拍好了，我媽替我將牠們的照片下方附上了一小篇文章，文章裡用非常感性的口吻請求覺得喜愛牠們的人們，發揮出同情心救救牠們。我媽將廣告單印了兩百張，後來我跟我們班幾個比較好的同學去問了有誰的爸媽可能會收養小狗的，便將那張圖文並茂的單子拿給同學。沒有想到才短短的三天，四隻校犬隊的成員就都有了理想的歸宿。」

「好棒喲！掌聲鼓勵鼓勵，啪啪啪……」小陽開心極了，自顧自地拍著手。

小龍開口問：「難怪你會接受表揚！」

我回答：「我不是因為這個原因上台受到表揚的啦！」

「什麼？」兩雙大眼睛同時盯著我。

「我被叫上台接受表揚，是因為另外一件事情！」我說。

小龍問：「你剛才不是說因為救了流浪狗而接受校長表揚的嗎？」

我說：「你聽我說下去嘛，我剛才只是長話短說罷了！」

「哎喲！」小陽有點怪我，「長話短說也要說清楚才行呀！」

「好嘛，對不起。那我再繼續說囉……等一下，」我忽然想起來一件事。

小龍：「怎麼了？」

「我們現在往前走要走去哪裡？」我問。

小陽說：「不是早就說了嗎，我們要去中央廣場。說要帶你去見聖誕老公公的不是嗎？」

我說：「你們剛才好像說等一下會先在半途去見誰的？」

小龍與小陽同時回我：「見小蘿！」

「那還要走多久呢？」

小龍說：「你該不會說你腳又痠了吧！」

「不是啦，我問是因為我想知道我要長話短說到什麼地步！」

小陽說：「拜託哦，有那麼長嗎，你快說就對了啦，說得太長我跟小龍自然會提醒你，你不要又短說了。快說你救了四隻小狗以後又怎麼了！」

我只有邊往前走邊繼續說：「哦，是這樣子的。正因為我和幾個同學有了一次營救我們校犬隊的經驗，因此在後來發生了那一件事讓我有了想法與動作去解決難題！」

小龍皺起了眉頭，說：「到底是什麼事，你說清楚點吧！」

「就在我們救了四條小狗之後的下一個學期，我們隔壁班有一個叫王小美的女同學她們家發生了一件不幸的事，那就是她的媽媽在晚上上班途中遇上了一輛酒駕事故，被送到了醫院。本來家裡還有她爸可以處理這件事的，可是不幸的是，她的爸爸在半年前讓醫院裡診斷出了身體得了很嚴重的疾病，必須長期在家休養不能工作。正是因為如此，她的媽媽才兼了兩份工作想貼補家用，而必須晚上再去做另一份工作……」

小陽看著小龍問：「好慘，這就叫福無雙至對不對？」

小龍回答：「嗯，差不多。可是應該說是禍不單行比較正確！」

「對！就是禍不單行。」我說，「本來王小美想要辦休學的，可是老師去醫院探望王小美的媽媽時，她媽媽不希望因為這樣而影響到王小美的學業，但又想不出其它的辦法來。後來，我突然想起了我和幾個同學一起發起了搶救校犬隊的那次行動，而且成功地救下了四條狗。我們何不依樣畫葫蘆，也發起一個行動來幫助王小美。」

小陽又拍起手來：「哇，我們吳小康超讚的，能舉一反三，同時做得都是了不起的事情！」

我被他說的有點不好意思，紅著臉繼續說：「我又將王小美所遇到的困難寫成一張通告，和幾個同學一一發給了從一年級到六年級的各班老師，請他們向同學們發起募捐。結果這件事讓校長知道了，便以學校的名義向全校的學生家長尋求協助……」

小陽又插話：「這叫團結力量大！」

我說：「對！真的是如此，我們全校共捐出了一筆不算少的錢，讓王小美的媽媽能有好的醫療照顧。而王小美也暫住在她阿姨家，對學業也完全沒有影響。本來這些幫助已經對王小美一家而言不無小補，但我又把王小美遭遇的事寫成一篇文章投搞到國語日報，本來我的想法是如果刊出來了，我可以有一小筆稿費，正好捐出來幫助王小美。怎麼會想到，文章的確是刊出來了，卻有了另外一個意料之外的收穫！」

小陽與小龍問我：「什麼收穫？」

我說：「這次跟教育局又有關係了，因為他們跟社會局一同來我們學校訪查王小美的事情，不久之後，向王小美家裡發放了一筆急難救助金。所以不但解決了她的燃……燃……」

小龍說：「燃眉之急！」

我說：「對，燃眉……燃眉……」

這回換小陽補充道：「燃眉之急！」

我不好意思地說：「對，燃眉之急。而且讓王小美的媽媽除了沒有後顧之憂外，又有了比較好的醫療照顧，住院沒多久便出院了，而王小美也回到了自己溫暖的家！後來校長在一次朝會裡說，市政府的人會來我們學校訪查這件事，完全是因為他們看到了我那篇刊登在國語日報上的文章的

關係！」

這一次小龍與小陽兩人同時為我鼓起掌來，「啪啪啪……」，我不好意思地紅著臉對著他們說：「謝謝，這沒什麼，這是我能力可以做到的，而且也是該做的事不是嗎？」

小龍忽然指著右側前方的一個小山丘，說：「喏，吳小康你看，我們只要爬上了前面那個小山，就可以同時滿足你的兩個好奇心了！」

我看著前面的山丘說：「是嗎？我的哪兩個好奇心？」

小陽說：「對呀，吳小康，到了那裡你就可以見到我們剛才跟你說的小蘿了，她就住在那山頂上的一個小石窟裡。但是我不知道第二個可以讓你滿足的是什麼？」

我轉頭看著小龍，他不急不徐地對我說：「我們不是說要帶你去見聖誕老公公嗎，在小蘿的石窟門口就可以見到雪花島上的一大片空地，也就是我們今天晚上的目的地——中央廣場！」

第三章

小蘿住的小山窟所處的山丘，是在雪花島上難得的一處高地，正因為如此才可以遠遠地眺望得到遠在大約從我們學校到臺北一〇一那麼遠的海岸邊的中央廣場。

我們三人是在我說完王小美的故事後大約半個小時之後到達小山丘的頂端，在我們到小蘿的洞窟前，她便已經穿著一身紅色滾白絨毛邊的棉衣棉褲，口裡哈著霧氣站站跳跳地迎接我們三人的來臨。

「哎呀，你們好慢吶，快！快進來。」小蘿在我們接近時立刻伸手拉

開了門。

如果小蘿沒有開門，你絕對不會發現那是一個門。因為外頭是白色的雪，門上似乎全讓雪給覆蓋住了，其實不然，它是用白漆漆上的，所以無論有沒有積雪，看起來都是雪白。而門的地方看來就是一個小雪堆，拉開門後就和小龍與小陽的地下室差不了多少，只是小蘿的山窟是天然形成而不是人工建造的。

「你們真是慢喲……」小蘿開了門等我們一一進入門內，她才關上門走在我們後面，「等一會兒去中央廣場得走快一點了！」

進了木門便是五六階的階梯往下，我覺得這裡比起小龍他們的房子要溫暖多了。才這麼想，就聽到小龍開口：「小蘿呀，妳這裡今天怎麼那麼暖？不像上次那麼冷。」

小陽也開口：「上次是去年吧。也是呀，不只上次，每次都很冷。我也覺得今天暖多了。」

「錯！其實是一樣的，」小蘿指著石壁上的一個長方型儀器說，「我看過溫度計，屋裡現在十二度，和往年是一樣的，只不過今年屋外比較冷所以感覺上我屋子裡就比以前暖了。咦，這位新客人長得好可愛呀！」

小蘿在我剛坐在石椅上的軟墊時，看著我說的那一句話可又讓我感覺有點不舒服。我從小到大聽過不少次有人說我可愛的，可是從來沒有發生的情況是，一個看起來比我小，而且至少小超過三歲的小女孩開口對我這麼說。

「妳也這麼覺得哦？」小陽笑著說。

小龍則說：「我覺得妳們洋娃娃小時候看起來比較可愛吧！」

「蛤？」我聽了有點莫名其妙，在聽了小龍說的話，轉頭看了看小蘿，咦，這小女孩的確有點兒像是個外國人，和我們安親班裡的徐愛妮一樣的黑黃色的頭髮。通常安親班放學都是徐愛妮的爸爸來接的，但有兩三次是她的媽媽來，是個金髮藍眼珠的外國人，聽說是英國人，所以徐愛妮是個雜種，哦，不對，老師不准我們跟著王凱強這麼叫，說那是罵人的話，說了沒有禮貌，王凱強還因此被罰站了兩次。老師說要說是混血兒，不過我覺得混血兒的名稱還有點恐怖，總之，我不喜歡有血這個字，混血兒比起吸血鬼好像也好聽不到哪裡！

「你幹嘛一直看我？」小蘿眨眼問我。

這時我才發現我是盯著她想事情的，經過她這麼一問，我瞬時覺得很不好意思，忽然感到臉紅紅地。

「哈，」小蘿發現我紅著的臉，笑著用手指我，「你們快看他的臉紅成這樣，這個樣子他絕對應該當上聖誕老公公才對，實在是太可愛了！」

真是快暈倒了，居然又開口說我可愛。「我想請問一下，」我岔開了話題，「不是要趕去廣場嗎，我們還要待在這裡多久呀？」

小龍回答說：「很快，你剛才不是還喊累，我想喝個熱的，」說完轉向小蘿問，「妳這裡有上次喝過的番茄湯嗎？超想喝的！」

「拜託你，」小蘿嘟起小嘴，「那叫羅宋湯好不好，你怎麼教不會的呀！」

小龍笑著說：「哈，對了，是叫羅宋湯。我剛才想了半天想不起來。哎喲，那麼難記的名字，上次是一年前喝的，怎麼會記得住！」

小蘿站起身來，走到了山洞一角，那兒放了一個木造的小櫥子。她從櫥子裡兩手端出一個鐵鍋子，直接將鍋子放在櫥子前的地面。當她掀開鍋蓋時一股熱氣從那裡蒸騰出來，讓我看了瞬間有一股暖意湧上心頭。但那也只是一個短暫的感覺罷了，因為在大約半分鐘之後，另一個不同的感覺命令我必須連吞幾次口水才能不使它流出我的嘴角。

小龍和小陽兩人不約而同站了起來，往小蘿那裡走了過去。

「哇，太棒了！」小龍走到一半，忽然想起什麼又走了回來，伸手拉起我，「來，來吃小蘿做的湯，有夠好喝，喝了保證上癮，喝了你還會想再喝的。」

「不會，」我反駁，「我只想要回臺灣，回我家，不管有多好喝我都覺得沒有辦法和我媽媽做的比！」

「哼！」小蘿假裝生氣著，「你不用拿我的湯跟你媽媽做的比，你得記得我的話，我保證你還會再來的。可是呀，如果你不趁現在巴結我一下，等下次來的時候可沒你的份了。來，裝好了，你們一人一碗，我在你們來之前已經喝過了。等你們吃完了後，我們再一起上路吧！」

我說：「不休息久一點嗎？我們這麼趕路好像是在參加馬拉松一樣！」

「哈！」小陽插話，「馬拉松是用跑的，但在這樣的雪地裡跑步鐵定會滑倒。」

小龍一口氣喝了一半後將喝剩的半碗放下，對我說：「我們因為你所以用慢慢走的，要不然要我用跑的都沒有問題。我以為你會很想看到聖誕老公公，會想用跑的咧，結果居然還嫌我們用趕的！」

我回他：「我是很想看看真正的聖誕老公公呀，可是呢，說實在話我還是不怎麼相信，居然會有真的聖誕老公公，如果真的有的話，我不但想親眼看到他，還想他能再送我禮物。能拿到真正的聖誕老公公送的禮那將是多酷的一件事呀！」

「咯咯咯！……你超可愛的！」小蘿又來了。

小陽也笑著：「他說話是不是很天真！」

小蘿看了我一眼又笑了，說：「他自己不知道自己天真，天真的小孩子是不懂得自己天真的！」

我很想反駁說：「那小陽也是小孩子呀，他怎麼會懂得天真！」我心裡這麼想，但嘴裡沒有說出來。

小蘿忽然站了起來，走去牆角打開了一個紅色包包，從裡頭拿出一樣東西朝我走過來。在我面前停下腳步，將手上的東西遞給我說：「來，這算是送給你的見面禮。」

「這是什麼東西？」我抬頭問她。

「小氈帽！」小蘿將帽子打開，直接戴到了我頭上，「我從俄羅斯帶來的，在俄國只要到了聖誕節前後，很多人就會戴上這種氈帽，因為它非常非常保暖。」

不用聽到小蘿最後一句「非常非常」的強調，帽子的舒服立刻便讓我捨不得脫下來，它就像是一頂戴在頭上的超大暖暖包一樣。

「真的好暖和喲，謝謝妳小蘿，」我是真心感謝她，儘管我不喜歡她說我可愛的口氣，但這一頂對我而言實用無比的帽子卻讓我對她真心的感激，「只是妳怎麼會有一頂俄國的帽子呢？」

「哈，你說這種話好像在說小白兔的尾巴為什麼那麼短一樣奇怪！」小蘿回了一句我實在聽不太懂的話。

小龍回說：「那還不只呢，她還煮了一鍋俄國人喝的湯，那難道不讓你覺得更加奇怪嗎？」

我說：「蛤？剛才這湯是俄國人喝的？我一點也不知道，不知道所以就不會有奇怪的感覺了不是嗎？可是……可是現在知道了，那請問一下，為什麼小蘿會送我一頂俄國人的帽子，又會煮一鍋俄國人喝的湯？」

他們三人彼此互望了一眼，然後全部看著我，一起說：「這是秘密！」

他們異口同聲說完這句話後，三人又互相張望，接著一同笑出聲來。

也許我應該要生氣的，可是看著他們那種快樂的樣子，在那樣的情形

之下我實在也像是個沒有脾氣的鴿子一樣，只用揚起了嘴角的微笑報答他們。

「吳小康！」是小龍先停止笑，對我說話，「你不要生氣哦，不是我們不告訴你，是因為你問的問題讓我們很不好回答，也是因為它還不到回答你的時候……」

「那什麼才是你們可以告訴我的時候？」我打斷他的話。

小蘿聽了我的問題後也收起了笑容，嚴肅著一張臉搶在小龍開口之前回答我說：「很快，就在今晚十二點以前。你放心吧，時候到了也不用我們跟你說，自然便會讓你明白這些都是怎麼一回事了！但……總是要先見到聖誕老公公不是嗎？」

「哎呀！」小陽將面前的空碗一推，站起身來，「我們是不是應該出發了呀，時間不早了，我可不想接下來的路真的是用趕的。」

小蘿和小龍聽小陽這麼說也站起身來，小龍對我說：「吳小康，我們走了吧，離謎底揭曉的時間越來越近了。你看你，暖暖包也有了，小氈帽也有了。接下來只要提起你的精神來，讓時間來解除你心中所產生的疑惑吧！走！」

小蘿走去洞一角，將放在那兒的紅色背包往背上一背，走在我們前面說：「出發囉！我走在你們的身後，讓我邊走邊唱一首好聽的俄羅斯歡樂聖誕的民謠來提振你們的精神！」說完將兩隻手朝我們揮揮，見我們往門口走，便跟在我們身後負責地將洞門關上了。

接著，小蘿輕脆的歌聲在我身後響了起來！

***　***　***

也許是喝了小蘿的羅宋湯的關係，也許是戴了小氈帽的關係。我們離開小蘿的洞穴走了足足有四五十分鐘，我卻沒有感覺到一絲一毫的疲累，正因為如此，才有時間在左腳右腳的交替行進間，仍有餘力讓自己的兩眼向路的兩旁張望，以至於先於他們三人而發現了不尋常的東西。

當時小陽和小龍走在最前方聊天，我和小蘿走在他們兩人身後。

我邊聽著小蘿在休息了十多分鐘後又開始唱著輕快的另一首俄羅斯民謠，邊東張西望時看到離我們走道旁大約我們學校操場旁的八線跑道兩端的距離處，有個東西正閃爍著它的光芒，好像是在向我們打招呼，於是開口問了一句：「那是什麼？」

「什麼是什麼？」小蘿朝我的手指向的地方望了過去。

小蘿隨著我停下了腳步，但小龍和小陽因為話說得入神，根本沒有注意我和小蘿。

我又打算指向剛才看到的東西時，卻發現它已經不在我的視線內。

「咦，怪了！」我身體朝向前方，但兩腿卻慢慢地後退，小蘿仍留在原地看著我。當我退了兩三步的距離之後，那光芒又出現了，這讓我忽然想起了一早在雪地裡見著小白兔的那刻。

「在那裡！」我又看到白雪裡的光芒，「我看到了，來！」我伸手朝小蘿招了招，同時往光芒處走了過去。

「我也看到了，是什麼呀！」小蘿邊說邊興奮地幾乎是用跳地到了我身旁，我們兩人差不多同時到達那東西的前方。

我盯著地上的東西，是一塊長方體，像是半個肥皂大小的金屬塊。我偏頭看了身旁的小蘿一眼，她也瞪著大眼看著我，她說：「該不會是黃金吧，你撿起來呀！」

我說：「妳撿！」

「幹嘛我撿？」小蘿拿手拉了我外套，將她的下巴往黃金所在處一點，說：「是你先發現的耶！」

於是我彎下腰，將右手伸向那金色東西，忽然間身後一聲「喂！」把我嚇得立刻縮手轉頭。

「你們兩個等等我們好不好，真是！」原來是小蘿大聲對著早走離我們大老遠的小龍與小陽叫嚷。他們兩人聽見叫聲回過頭，才發現我和小蘿還在這裡，兩人一付莫名其妙的表情，又慢慢踱了回來。

我彎腰去撿，「哇，好重！」那東西還真不是輕的呢，它也許真的是金子也說不定。我沒有碰過金子，甚至連看都沒看過，在家裡我媽是最排斥身上穿金戴銀的。

「你們兩個在這裡幹嘛呀？」小龍開口，他們兩人已快走到了我和小蘿身旁。

小蘿對小龍的問話充耳不聞，只對著我說：「哇，好亮，真的是金子耶！」說完一把將金塊從我手中搶了過去。

這時小龍與小陽已走到我兩身旁，我和他們兩人睜著六隻呆鳥一樣的眼睛看著小蘿的怪異舉動。只見小蘿將金塊拿到嘴前，居然用她的門牙輕輕地對它咬了一下，之後拿到面前端詳。

我問：「好吃嗎？」

「咯咯咯……你真逗！」小蘿用很滑稽的那種笑來回答我的問題！

「讓我看！」小龍伸手將金塊從小蘿手裡抓了過去，放在眼前仔細地看。正面看過翻過背面，背面看過又翻到側面，他身邊的小陽也湊過臉貼著瞧看。兩人看了一會兒後，小龍抬頭看著我說：「是金子！是嗎？」我聳聳肩。

小蘿說：「是金子，純金！」

我對著小蘿問：「那怎麼辦，妳剛才幹嘛吃它？我在電視劇裡看過，吃金子是會死人的！」

「拜託，我沒吃它！我只是咬它！」說完伸手將金塊從小龍手中拿回去，用手掌托著放在我面前，「瞧！它有了小咬痕在上面。純金的硬度不高，輕輕一咬就會留下痕跡，可以由此知道這是不是純金的！」

「妳怎麼會這招的？」小陽開口問，這其實也是我想問的。

「我就是知道！」小蘿高傲地揚起了她的小下巴，拉起了我的手，將金塊放到我手上，「吳小康，是你先看到的，該歸你所有，恭喜你！」

「可是……，」我有點不知所措，「它不是我的東西呀！」

「對，它不是你的東西，」小陽順著我的話，「也不是我們三個的東西。但我們『一行四人』走在路上便不小心遇上了它，這就叫做緣份。所以應該由我們四人均分。小龍，你說對不對？」說完看著小龍。

「不對！」小龍很明確地回答他，「雖然我們四個一起走，但畢竟是吳小康發現東西的。不如這樣，吳小康得一半，剩下的一半由我們三個人均分。」

「我不要！」我說，「它雖然是我先發現的，可是仍然不是我的東西呀。就算只是一個普通的東西，我們也不應該拿，何況它是那麼貴重的金塊！可以想見那個掉了這東西的主人，此時該有多麼的著急！」

小蘿說：「吳小康，你說的對！可是它是在這種白雪野地裡出現，而且金子是不會生鏽的，也不知道掉在這裡有多長的時間了，就算你想還給主人，可是我們也不知道該往哪裡去還呀！」

「就是嘛！」小陽像是遇到了知音，開口附和著，「難道你要帶它回臺灣交給你們老師？別傻了吳小康，我跟你說，有了它你可以買好多好多玩具！比方說整套的爆丸。」

「我不要！難道你們這裡沒有警察局？」我問。

「警察局？」小龍的表情像是我在問他這裡有沒有恐龍一樣，「沒有！雪花島上沒有壞人，所以從來不需要警察！」

「啊！小陽說的對！」小蘿拍手開口，「要不就暫時由吳小康保管，

等回到臺灣以後由你交給你們老師，搞不好還可以被叫到台上接受表揚呢！怎麼樣？」

「我……」我腦子像溜溜球一樣不停地打轉著，越想越覺得行不通，「我覺得不好！」

我看到小陽在一旁翻了一雙白眼，還把頭歪向一旁，假裝掛掉的樣子！

「為什麼？」小龍和小蘿同時望著我。

「我才不想上台接受表揚呢！其實上學期我在打掃學校廁所的時候就曾經撿到過一支iPhone手機，是全新的喔。結果交給了老師，隔天就被叫上班級講台表揚，我以為那是哪個家裡有錢的學生掉的，結果失主竟然是我們學校的教務主任！……」

「哎喲！」小陽插嘴，「iPhone哦？換做是我，早變成我在用了！」

「所以我覺得我們這裡還是需要有警察比較好！」小蘿笑笑地對著小陽說。

我接著說：「何況這金子是在這裡撿到的，拿回去臺灣也很奇怪，更怪的是如果我回去說出我在北極的冰天雪地裡撿到的經過，很難想像人家會不會把我當成是一個思路清晰的小神經病！」

小蘿說：「那你覺得應該怎麼辦才好?!」

「對呀！你覺得該怎麼辦？」小龍和小陽也問我。

我低頭想了一會兒後，忽然想到了：「不是說我們今天晚上可以見到聖誕老公公嗎？」

「對呀！」他們三人異口同聲。

「我是指……」我想了一下該怎麼說，「真正的聖誕老公公！」

小蘿說：「什麼意思？」

我說：「你們說今天晚上，在雪花島的中央廣場我們可以見到聖誕老公公，是真的聖誕老公公而不是那些通常由小孩子的父母所假扮的。是嗎？」

「對呀！」三人又異口同聲。

小龍補充說：「哎喲，在我們的心裡，只有一個聖誕老人，那就是真正的聖誕老人，等你今天晚上見了他之後你以後心裡就不會存在假的了。」

「那好！」我繼續說，「既然你們這裡沒有警察，而我們又將在幾個小時之後見到了一個人見人愛的老人……」

「哦，我知道你的意思了。」小蘿插嘴，「吳小康的意思是，把這塊金子交給聖誕老人，由他來決定該怎麼處理它，對不對？」

「對呀！」這次換成我說出這兩個他們最常說的字。

小龍說：「嗯！這也不失是一個好辦法。好吧！就這麼辦吧。」

「蛤？真的要這樣哦！」小陽有些氣餒的樣子。

小蘿安慰他說：「哎喲，也許到時聖誕老公公決定由我們幾個人來均分也說不定呀！」

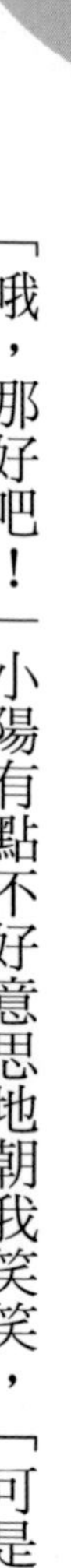
「哦，那好吧！」小陽有點不好意思地朝我笑笑，「可是，吳小康，借我那塊金子讓我拿在手裡過過乾癮好不好？」

「好呀，」我笑著將手中的金塊遞向小陽，「喏，拿去！」

小陽露出了燦爛的笑容，接過金塊和小龍兩人輪流把玩著。小蘿面露微笑看著他們兩人後，轉向我說：「你是個幸運兒，但願今天這個金塊能為你帶來好運！」

「能遇上你們我已經覺得我很幸運了！」我說的是肺腑之言。

小蘿對我們說：「走吧，要繼續趕路了！」

在此之前雖然我已經認識了他們三人，但心中仍然覺得跟他們之間存在著一些距離，畢竟人家已經是老朋友了，不像我今天才加入，我是因為經歷了一次腦筋急轉彎事件後才覺得與他們間的距離徹底拉近了。

那時我們走在雪地上，小陽突然很興奮地開口說：「對了，要不然我們邊走邊說腦筋急轉彎好不好，這樣會覺得時間過得很快！」

「不要！」小蘿跟小龍兩人一同回答。

「為什麼？」我跟小陽兩人一起問，因為我覺得滿好玩的。

「吳小康，你想說嗎？」小蘿問我。

「沒有呀，我只是好奇想聽你們說，可是你們怎麼好像不想聽的樣子。」

「我們是不想聽很冷的腦筋急轉彎，有些問題一點含金量都沒有！」小蘿說。

「對，」小龍也讚同地附和說，「吳小康，你不知小陽說的都很冷！這種天氣更不適合聽！」

小蘿接著說：「像上次小龍跟小陽兩人到我的石窟裡，小龍說他好冷，小陽就要小龍站到我的房間的牆角下，說這樣就不會冷了！結果小龍還真的走去站在牆角咧，呆！……」

「為什麼？」我還搞不清楚。

小陽開口說：「很簡單呀，因為牆角『九十度』！哈哈……哈哈哈……」說完又開心地一直笑。

我看著小陽的開心樣也忍不住笑了，說：「還真的是很冷！」

「喂，」小陽突然止住了笑，假裝對我臭著臉說「沒有禮貌！要不然你來說一個。」

「有道理，」小龍看著我，「吳小康你說一個看看，笑話也可以！」

小蘿舉起了右手說：「對對對，吳小康你是新人你來說一個。」

「你覺得我說的很冷，你來說呀，你說呀！」小陽對著我說。

我忽然想起了我老爸跟我說的一個不知道要算是笑話還是腦筋急轉彎，每一次我爸想跟我說什麼大道理時，總是會先拐彎抹角地說一些好像與它無關的事，最後才說出他想說的話。我想到有一次他對我說：「不管什麼事情，你一定要親手去做，不要總是由人家做給你看，看一百次的效果沒有自己親手做一次來得有效！即便是萬能的人也不能取代你自己……」

「你在發什麼呆呀？」小蘿打斷我。

「哦，沒什麼！」我回過神來，「好吧，我問你們一個腦筋急轉彎的問題好了！看你們有誰答得出來。」

他們三人同時看著我，等我開口。

「這一陣子我爸因為家庭因素，假日時經常要去公司加班，他……」

「等一下！」小陽打斷我，「你說錯了吧，我只聽過因為家庭因素經常要請假，哪有人……」

「哎呀，」這回是小蘿打斷小陽，不只打斷他的話同時還伸手打他的手臂，「你不要插嘴聽吳小康說嘛！」

我繼續說：「我爸常在假日的時候去加班，有的時候都下班回家了，卻還把工作帶回家。我常看到他在電腦前工作到三更半夜！」

小陽說：「搞不好你爸是坐在電腦前打電動！你爸是做什麼職業幹嘛要一直在電腦前面。」

「我爸是在銀行裡設計軟體程式，所以總離不開電腦！」

「不要談你爸的工作了，」小龍開口問，「然後呢，你想要問什麼？」

「我看我爸雙手在鍵盤上遊走從小看到大，但直到上個月我忽然發現一件事！」我說。

「發現什麼？」他們三人盯著我同時發問。

「我發現我爸在敲鍵盤的時候手指頭很靈活，但卻從沒用過這兩隻指頭，」我把我的兩隻手舉了起來同時豎起左右兩個大拇指在他們三人面前移動，「你們知道為什麼？」

「我知道，」小龍搶先開口，「因為你爸跟我一樣，都只會用一隻手指頭打鍵盤！」

「不是！」小蘿接著開口，「我猜因為你爸的大拇指受傷了！」

「都不對，他手指從來沒有受過傷。」我說。

「……」他們三個人靜默了片刻，我微笑著等待著。

「哦，我知道了，」小龍笑得賊兮兮地，「你想告訴我們說，因為你爸打字打得太快了，快到你根本看不清他的兩隻拇指，對不對?!」

「當然不對囉！」我回答。

「……」他們三個人又是一陣靜默。

「算了，」小蘿先認輸，「猜不出來！」

「公佈答案了吧！」小陽說。

「說，」小龍兩眼看著我，「為什麼？」

「哎喲，你們不是聰明的精靈嗎，那麼簡單你們居然想不出來，」我再度將兩手舉起，把左右兩隻大拇指豎在他們三人面前，移往左邊後又移往右邊，「因為這兩隻拇指是我的呀！」

三個精靈先是呆在原地，接著同時看了我一會兒後又彼此互看，我發現他們竟然一同眨了左眼然後迅速彎下了腰。

「哇，好冷呀！」我慘叫一聲。萬萬沒有想到他們三人從雪地裡抓起了白雪然後將它們全部從我領子塞進我身子，冷得我邊跳邊拉起衣服急著趁白雪融化前抖落它們。

「知道好冷就好了！」他們三個笑著說。

雖然雪花貼在肌膚上的滋味不太好受，真的相當冰冷，然而我的心卻覺得暖呼呼地，我突然覺得跟他們三個已經沒有了距離，就好像我認識他們好多年一樣。

於是我們一行四人，又繼續將步伐印在雪地裡。

第四章

雪花雪花白如棉　緩緩空中飄
東西南北佈滿天　誰把鈴兒搖
請你步伐放慢點　聽聽這聲音
叮叮噹噹似琴弦　直入人心田
遠方有條長彩帶　在天空漫舞
緩緩飄到眼前來　終於看清楚

那是一群小麋鹿　拉著雪橇跑
裡頭塞滿了禮物　全往地面拋

叮叮噹叮叮噹　鈴鐺掛鹿身
叮叮噹叮叮噹　發出悅耳聲
一年一次坐雪橇　聖誕老公公
酒桶衣裳角錐帽　橇上勤做工

叮叮噹叮叮噹　鈴鐺掛鹿身
叮叮噹叮叮噹　發出悅耳聲

叮叮噹叮叮噹　聖誕老公公
叮叮噹叮叮噹　橇上勤做工

在繞過最後的一個小雪丘之後便可以遠遠地清楚眺望到雪花島的中央廣場。我看了廣場裡是一片雪白，雪白正中有一塊長方形藍中帶黑的東西，我努力地去看，卻也沒看出它到底是什麼。本來想開口問他們的，但想想還是算了，反正時候到自然知道，老是東問西問的好像也有點不好意思。

接下來所走的路對我來說都不算是辛苦，因為這一段比起之前的路要顯得輕鬆許多。因為後來的全是一長段的下坡路段，其實雖說是下坡路，但也讓你不是很輕易便能感覺出來，它的坡度是緩緩地，你以為走的是平坦的道路，但走久了之後便可以察覺到它的存在。因為原來一路上你都能看到遠處下方的中央廣場，後來的路段拐兩個小彎後，當你再看那廣場時便發現它不但離你比較近了，而且看得出你已走得比方才更下方。

一路上感覺比起上午要輕鬆的另一個原因是，小蘿和小陽兩人也有雅趣，輪流唱著好聽的歌。剛才那首就是小蘿開口唱出來的，沒有想到小蘿才唱完了第一段之後小陽便接口唱了第二段，小陽唱完之後又換成小蘿接著唱下一段，到最後再由兩個人來個大合唱。那歌聲好聽極了，我問這是什麼歌為什麼這麼好聽的歌我卻沒有聽過。小陽告訴我這首歌其實是日本的聖誕歌曲，本來只有他會唱，後來小蘿覺得好聽便由他教小蘿唱的。小

蘿說是應景，說聖誕節就是應該要唱這樣的歌。可惜我不會唱，否則很想能哼上幾句。

我們直走到天色變得有些模糊了才停下腳步。休息的地方是在一處只有兩株老松樹的地方，樹下有一張像一般公園放的那種座椅，我們老師教過我們一句「松柏後凋於歲寒」，我看到這兩棵松樹的時候很自然地唸出了這一句。

「錯！」小龍聽到這句話後說，「這句話根本是錯的，吳小康，現在你抬頭看看，松柏其實根本在歲寒之後也不會凋，它其實無懼於歲寒！」

我抬頭望著這兩株老樹，小龍說的沒有錯，在樹的葉團上蓋滿了白雪，但它卻仍然像盡責的衛士一樣矗立在這條道的兩側。

「這裡一年四季都是雪嗎？」我困惑且好奇地開口問。

「……」奇怪的是他們三人彼此互看了一會兒，沒人回答我。

我又問了一次，小龍和小陽還是沒有回答，只是一同看著小蘿。小蘿愣了一會兒後，才緩緩對我說：「嗯，應該是吧！」

我覺得這回答更奇怪，於是繼續問：「為什麼叫應該是呢？難道妳有時間不在島上嗎？」

「……」小蘿有些困窘的樣子，又是停了會兒才像應付我一般，「哎呀，你不要問我嘛，我是有一段時間不在雪花島呀！」

「哦！」我卻又看著小龍和小陽，「那你們呢？」

「哇，」小陽拿手搔著頭，「你別再問了啦，我只能說我和小龍都跟小蘿一樣，我們都有一段時間不在雪花島上，來，吃魚！」他往樹下的木頭椅子大步走了過去。

小蘿與小龍也跟著小陽走去，小蘿走到一半回頭看我，「咦，吳小康你過來呀，幹嘛站在那裡不動，來吃小陽的魚！」

我一下子便把還沒有得到解答的問題忘了，只是跟著走過去。

小龍從他的背包裡抽出了一大塊乾布，將椅子上方的白雪抹去，然後把那大塊白布折了幾折墊在木椅上方轉身坐了下去。那木椅的長度像是為我們四個人訂做的，因為我們四個小朋友正好不鬆不擠地將空間坐滿。

「來，吳小康！」小陽拉開了他的背包，從最底層拿出一個透明塑膠

盒子，將盒子打開後露出了一塊塊長方型的黃黃紅紅紫紫的東西，小陽將盒子用右手遞到了我的面前，左手則拿了四支並連在一起的小叉子把其中一支分開往盒子裡的一塊黃白相間的長方型上面一叉，「你先吃這塊，好吃的咧，是鮭魚肚子！」

「什麼？」我嚇了一跳，「什麼肚子？」

小陽把盒子又更接近我的臉，說：「鮭魚肚子！」

「哎喲！」小蘿坐在小陽另一側，她迫不急待地伸手把剩的叉子拿去，扒了一支叉在另一個長方型上然後連叉帶魚一起拿了去，直接送進了嘴裡，「嗯，好吃！」

原來小陽的背包裡放了一盒「生魚片」，夠離譜的吧。但也的確是滿好吃的，他把餐盒放在他袋子的底層外層，沒有保溫保冷裝置，但在這種天氣裡空氣就足以保冷。

我問小陽他從哪裡弄來的這一盒東西，說實在我心裡想的是，這東西是我爸爸最愛吃的，每次只要我們全家一起去吃日本料理的話，我爸一定會點上一盤綜合生魚片。我從小便不會排斥吃它，但從沒沾過芥末就是了，今天小陽的這一盒，是我這十年來吃過最好吃的生魚片。但當我問他哪裡弄來的的時候，他卻又是給了我那一句「這是秘密！」，嘖，這像他們的口頭禪。

那一盒是由小龍之外的我們三個幹掉的，小龍不吃，他說那是噁心的

東西。他自己從背包裡拿出了一包泡麵，將它捏碎了後乾吃，小龍稱它為「方便麵」，我覺得生魚片更方便！

我沒有東西請大家吃，因此有些不好意思。當我吃完小陽讓給我的最後一塊生魚片後，我從我的外套內口袋裡拿出手機來。

「別傻了，這裡收不到訊號！」小蘿說。

「我知道，」我用手指在螢幕上滑動，「看，至少它可以玩遊戲！」

小龍和小陽聽我這麼一說，便不約而同地將頭探到了螢幕前。我點開了一款戰鬥機的射擊遊戲，很快便開始進入了空戰狀態。

「哇，」小陽興奮地叫著，「這是『碧血長空』！我的最高記錄是七萬四千多分。」

我邊玩邊說：「真的呀，我才兩萬多，第九關過不了。」

「咦，」小龍開口說，「原來你們兩個都玩過！」

我說：「小龍你沒玩過嗎，超好玩的！」

小龍說：「沒玩過，我的手機只用來打電話。」

我抓住射擊的空檔問小蘿：「小蘿，妳會玩嗎？」

小蘿露出一付不屑的表情，「不會，這種遊戲是你們男生才想要去玩的。」

「也對，」我把手機遞給了身旁的小龍，「來，小龍，給你玩！」

「可是我不會呀！」小龍將手機推開。

「沒關係，」我又伸到了他面前，「我可以教你，包管你用不了三分鐘就會了，來！」

果然，小龍花上比我說的時間還要短便上手了，而且玩得眉開眼笑。

小龍在玩的時候，我和小陽也專注在小龍的電玩裡，沒有注意到小蘿已經離開了座椅，獨自一個人緩步走到了離我們比較遠的另一棵大樹下方站著，舉頭向上張望。是我先發現小蘿在那棵樹下的。

「小蘿！」我抬頭看到站在那裡抬著頭的小蘿，「妳不來看小龍玩嗎？」

「我沒興趣！」小蘿仍舊抬頭望著。

「妳在看什麼！」小陽看到小蘿站在那兒，立刻站起來走了過去，我也跟著過去。

小蘿指著樹的橫枝處，說：「你們看，牠真漂亮！」

小陽小聲回應：「哇，真的。還是七彩的咧！」

小蘿說：「不只，我算過了，至少十種以上的顏色。」

「什麼東東？」我看了半天，什麼都沒看到。

小陽把他的頭靠向我，從我的視線上看樹端，然後伸手拉了我衣服，說：「哎呀，難怪你看不到，被一坨雪擋住了啦。來，從我這裡看！」

移位後的我果然是看到了，「哇，真的耶，真的好漂亮！」那是一隻長得不大的小鳥，比起麻雀來並沒有大上多少，可是牠的尾巴卻拉得很

長，恐怕有身體的三四倍。除了肚子那裡是鵝黃色的外，其它像是翅膀啦尾巴啦還加上頭冠等都是由不同的色彩參差著，色調非常協調，像是上帝有意將牠所造化出的傑作展示到地球來向我們炫耀一樣。

小蘿開口說：「奇怪了，牠是從哪裡來的呢？」

「對呀，」小陽附和著，「這麼冷的天氣，鐵定是沒有小蟲的，牠是吃什麼過日子？」

彩鳥像是跟我們說話一樣，啾啾地叫了幾聲。我說：「哇，牠連叫聲都那麼好聽。牠會那麼快樂得在樹上唱歌，表示牠不但有食物而且還不覺得冷。」

小蘿回頭看了還坐椅子上聚精會神在電動玩具上的小龍一眼，又抬頭看著鳥兒，說：「我知道了，這隻小鳥是被吳小康手機裡的電動玩具的聲音吸引來的。」

聽小蘿這麼說，我才聽到了我手機裡傳出的電玩音樂，那真的是鳥鳴般的頻率，於是也回過頭去看了小龍。正當我要轉回頭再看樹梢時，卻發現有點怪，於是又注意看了小龍一下。發現他其實其沒有在玩，而是低頭閉著眼睛，任由手機裡的電玩在繼續。

「小龍，你怎麼了？」我問。

小陽聽我這麼問，也轉頭去看小龍，小蘿也如此。

小蘿：「小龍！怎麼回事？」

小龍半晌後才應道：「我，頭暈！」

「哈哈！」小陽反應出乎我的意料，「小龍，你別要笑死人了！」

小蘿有點不滿地責備小陽：「你這人怎麼這樣，人家頭暈你還笑人！一點同情心都沒有。」邊說邊走往小龍那兒，我也跟了過去。

小陽也跟在後面，說：「你們還不知道嗎，小龍就是平常都不玩手機，第一次玩就玩3D的立體空戰遊戲，所以才這樣，等玩個兩次就不會了啦！」

「哦，」我恍然大悟，「原來是這樣呀，對了對了，我記得我第一次玩也是這樣子的。」

小蘿到了小龍身前蹲下來，說：「是嗎？是小陽說的這樣嗎？」

只見小龍悶著聲音回說：「可能是吧，我也不知道！」

這時小陽將右手在小蘿面前一攤，說：「來，這給他抹上！」

「這是什麼東西？」小蘿問。

「薄荷油，抹了特有效！」

小蘿接手過來，對著仍低頭閉眼的小龍說：「小龍，你頭抬起來我幫你擦擦！」

小龍順服地抬起頭，但兩眼仍緊閉著。小蘿將那一小玻璃瓶裝的東西，先倒到了自己的指頭肚上，再塗在小龍的兩側太陽穴以及鼻子下方人中的位置。

頭暈我可是有經驗的，那天旋地轉的感覺真可以要人命。

接下來，要不是我視線沒有放在小蘿的臉上，我鐵定會以為是自己聽錯了。然而，雖然小蘿對著小龍說話的聲音非常輕，但她的聲音傳到了站在一旁我的耳朵裡的同時，我的眼睛也清楚地看著她的嘴唇動著，嘴唇說話時的那型態，讓我確信自己的耳朵沒有聽錯。小蘿對著小龍輕聲所說的話是「都那麼一大把年紀的人了，還這麼不會照顧自己，跟人家小孩子玩什麼電動遊戲！」

＊＊＊　＊＊＊　＊＊＊

天色已經幾乎全黑了，在臺灣的時候我聽過「越夜越美麗」的話，此時在雪花島上真的是應驗了這一句，恰當極了。

從高地看下去，此時見到的大廣場比之前要清楚太多了，直到現在我也才發現廣場四周其實都是一些低矮的房子，之前因為房子的屋頂覆蓋著一層白雪，以至於從遠處眺望根本無法與廣場的白雪區分。

我們離廣場已經不遠，在這裡依稀可以聽見廣場傳過來優美的歌聲，其中有幾首是我從小龍或小陽，但多半是小蘿的嘴裡唱出來的，但此時聽見的則分明是從擴音機裡所傳出來的。

此時的廣場可以見到像螞蟻樣的小人三三五五散佈著，有些緩慢地走動，有些則正在跑跳著，大多數則站在原地像在聊天或做些什麼目前還看不出來。

聖誕
小公公

在這樣美好的聖誕夜裡
我們再次相遇
雪花也從高空飄下
迫不急待地想要參與
參與這場一年一度的精靈會議

漫天的白雪像柳絮
一年不見的精靈們正在私語
這裡是我們的廣場　我們的聖地
也將是我們一生中

最美的回憶

叮叮噹　叮叮噹

美麗的島嶼

雪白的大地

帶給精靈們永恆的回憶

不知道是不是我孤身一人在外，雖然有小龍小陽與小蘿他們三個好朋友作伴，但內心裡還是有一種孤獨感。廣場上放出的聖誕歌曲，音律相當輕快與悠美，但我總會想起爸爸和媽媽，我好想他們吶。

我想起了從唸幼稚園開始，每到年底時，我爸常會說的一句話是「如果今年公司的事情可以在耶誕節以前忙完，就帶你們去日本看雪！」，有時耶誕節過去了，他則會在過年前說「如果今年公司的事情可以在過年以前忙完，就帶你們去北京看雪！」，這句話我已經聽了五六年了。有時他的工作真的忙完了，但他卻會說「現在才辦，時間上來不及了，等我們到了那裡雪季都過去了！」，要不然就是說「天吶，要去雪地裡，一家三口得帶上那麼多的衣服，想到就累，算了吧！」我怎麼樣也不會料到，今天我真的看到雪了，十年來第一次看到它們，卻不是我爸或我媽帶我看的，而且也不是在日本或是北京，而是在北極，呵，北極！他們絕對不會相信這是真的。

很快地，我們離廣場更近了。

廣場四周插上了一支又一支我在遠處時以為是燈桿的火把，把周圍照得像白天一樣，可能是因為雪地裡白雪反射所造成的。

現在廣場又開始播放另一首聖誕歌了，這一首歌我好像曾經聽過。這一次小蘿和小陽都沒有開口，反倒是很少開口唱歌的小龍從音樂一開始時便跟著唱了起來，又是一首很好聽的聖誕歌。

第五章

很難想像自己真的能在今天午夜之前便到達了廣場中央，今天上午我從小龍與小陽那兒走到了小蘿的洞窟時，兩腿已經都沒有力氣了，當時以為恐怕無法在一天之內與他們三人一同走到廣場。沒想到現在自己似乎是渾身都充滿了精力，與今天白天沒有走這麼一大段路沒有兩樣。

此刻廣場四周遍佈了大約六、七千個與小蘿小龍小陽一樣的精靈，他們的穿著都是一樣的紅色大長袍外加上一頂紅錐型帽子，一如聖誕老公公所戴的一樣。

小蘿的人緣非常好，一路上有不少她認識的精靈停下腳步與她寒暄。小陽跟小龍兩人比較不多，可是一旦與相識的精靈見面便都顯得非常快樂。我發現這些精靈雖然與他們都認識但卻好像又不會很熟，因為不管是小龍或是小陽，兩個人這時的名字常常都會被叫成「那個誰」。

當然了，沒有一個人是認識我的。在這些精靈群當中，我的穿著和他們顯得格格不入，但我發現其實和我一樣不是穿著精靈制服的人不只我一個。本來我看到了在離我有大約走路一分鐘那麼遠的距離處，有一個也同樣穿著紅外套的小女生和五六個精靈一同往另一方向慢慢走著，那女孩雖然是紅外套卻是一件像太空人一樣我也有一件的羽絨衣。才剛發現那個

女孩不久，我又陸續看到了三四個穿著「便服」的小孩在廣場上，有男有女，我想他們應該和我一樣都不是精靈吧，但他們是否和我一樣也是忽然莫名其妙地便到了雪花島來的呢？

我們從邊緣走進了廣場，但離廣場中央還有一段距離，儘管他們三人沿途和認識的精靈朋友們打著招呼，從這些與他們交談的精靈嘴裡，我可發現了不少疑問，比方說「那個誰，我們恐怕有十年沒見過面了吧！」精靈說話的對象是小陽，而小陽在之前曾說他只有十歲。

又比如說，有個精靈開口便和小龍說：「嗯，你去年不是四點不到便到了廣場，今天怎麼那麼慢，還是從去年那個洞裡過來的嗎？」小龍低聲和他說：「今年不同，今年我可是帶來了一個參賽者。」聽他說完這句

話的精靈拿眼角瞄了我一眼，然後用更低的聲音問小龍：「這娃兒有希望嗎？」小龍聳了聳肩，只回了一句：「有希望沒把握！」

還有更奇特的一點是，我看到了兩個女精靈見到小蘿之後其中一人立刻說：「小蘿，我們想死妳了。你女兒上幼……」小蘿沒等對方說完話，立刻伸手將說話那個精靈往旁一推，另一個精靈見狀看了我一眼後也跟了過去，三個人便在另一旁聊了片刻。「小蘿有女兒？」這讓我想都不能想像，難道她們是在扮家家酒？這是雪花島上的一種遊戲嗎？

我們終於走到了廣場的中央部份，在極中央處搭了一個大約和我身高一般高的平台，平台的面積很大，我估計可以承載三百個人不成問題。會

這麼有把握，是因為雖然平台四周以紅白藍三色的長布巾圍繞著，但隨著風吹布巾向上擺盪時會露出下方那一條條左右斜架著的支柱，都是用可能是鋼或銅之類的金屬組成的。

台面上放了有三十張左右的椅子，它們在台子上方向內環繞著台中央的一個像我們學校禮堂表演台上放著的紅木顏色的發言台，上面架了具麥克風。

小龍和小陽引領著我走近靠近平台的下方座椅區坐下，那座椅區是環繞著平台而擺放的，我本來想算一算有多少椅子，但才算了一會兒後便放棄了。一方面實在是太多太多了，至少超過一千張，另一方面是因為我發現在已放妥的椅子外圍仍有許多精靈們陸續將座椅加入在更外圍處。

小龍和小陽坐在我的右側，我轉過頭去尋找小蘿的身影，但卻遍尋不著。

「小蘿呢？」我問。

「不管她，她待一會兒就會過來，」小龍說，「一定是跟老朋友聊得太開心了。」

我看看左後方又看看右後方，上千個坐椅已陸續有精靈坐定，於是問：「那她等一下過來的話會不會位置已經被佔去了？」

「不會！」小陽笑著說，「你放心，沒人敢坐她的位置。」

「她坐哪裡？」我還是有些擔心。

小龍伸手指了指我左手邊的位置，說：「那個位置是小蘿的！」

「這個？」我立刻摘下戴在頭上的帽子，放在左方的椅子上，「我先替她占住保險些！」

小龍笑著說：「甭，你這是多此一舉，瞧，她不是來了！在你的左後方。」

我回過頭去，果然小蘿面露笑容地與其說是快步走不如用跑來形容還貼切些。

「小蘿，來，妳坐這裡！」我向她招手。

「咦，」小蘿說，「你怎麼知道我的位置在這裡？快把你帽子戴上，別感冒了！」她將放在椅子上的帽子拿起後坐下，伸手遞給我，我立刻戴上，還真有些冷。

廣場的高音喇叭裡開始播放新的歌曲，總算有一首我很熟而且會唱的歌。

「雪花隨風飄，花鹿在奔跑，聖誕老公公，駕著美麗雪橇！」小蘿開口唱。

我很想開口唱，但總覺得不好意思，何況小蘿的歌喉那麼好聽，我一唱出來怕會破壞了一切。誰知道就在這時，我左手臂被撞了一下，是小蘿。她用手肘碰了我，說：「唱！」，那一個字好像是老師的命令。

我只有開口：「經過了原野，渡過了小橋，跟著和平歡樂歌聲翩然地來到！」

忽然間，廣場四周精靈群們都開了口，合唱著：「叮叮噹，叮叮噹，鈴聲多響亮，你看他不避風霜，面容多麼慈祥。叮叮噹，叮叮噹，鈴聲多響亮，他給我們帶來幸福，大家喜洋洋！」

整個音樂結束於這一首眾所皆知的聖誕歌的終了，沒有接續的歌曲再播出。我回頭去看，所有的精靈都坐定位，沒見到任何空位，所有的座椅上面都坐了人，外圍沒有任何一個精靈是站著的，也就是說座位安排得剛剛好。

「看什麼呀你？」小蘿小聲問我。

「沒什麼！」我回答之後，想了想還是覺得怪，於是又開口：「我只是奇怪怎麼才一下子，大家就都坐定位了？」

小蘿笑了一下，說：「有紀律吧！歡迎加入這個有紀律的大家庭！」

「各位大家聖誕快樂！」聲音從中央台上傳出來。

我轉過身來，看著台上一個穿制服的精靈手上拿著麥克風說了上面那句話。

「聖誕快樂！」我身邊嗡嗡響起所有人異口同聲的祝賀聲。在那麼多的聲音裡，我可以很清楚地過濾出進入我左耳的是小蘿的聲音。但右耳卻完全沒聽到小龍的，照理說他們兩人分別坐在我兩側。咦？直到這時我才發現小龍不知道在什麼時候離開了位置，但我隱約感到幾秒鐘前才聽到他的聲音的呀！

正當我心裡有了這個疑惑時，小龍的聲音又傳入了我的耳朵。

「大家難得又在一年後的今天碰面了，」天呀，我這時才發現站在台上拿著麥克風說話的人，正是今天與我相處朝夕的小龍，「相信大夥見到了老朋友們一定有很多話要敘，但——」小龍說到一半止住了口，緩緩地環顧四周。本來台下有些嘈雜的聲音，漸漸地像被風吹開一樣安靜了下來，「謝謝大家能安靜聽我說幾句話，這是給我的第一個聖誕禮物，接下來，我要直接將手上的名單及票數公布了！」

小龍說到這裡，台下一陣騷動。我轉頭看了身旁的小蘿一眼，她只淡淡地對我笑了一下。

「小龍是誰？」我忍不住好奇。

小蘿笑得更燦爛了，兩隻眼睛瞇成了一條彎彎的細縫說：「小龍就是

小龍呀，或者你也可以說小龍是他爸的兒子！咯咯咯！」說完後她自得其樂。

我覺得一點都不好笑：「他怎麼會在台上主持呢？」

小蘿說：「抽到的呀，也許過兩年換成是你上台也說不定，誰知道！」

「吱——」一陣刺耳的高頻聲音從廣場四周的音箱射出，鑽入了現場每個人的耳裡，大家都拿手指頭塞住耳朵。

「啪！啪！」台上的小龍先用手拍了麥克風兩下，接著又將它對向嘴前說話了，「呵，對不起！ECHO女神在召喚大家。好吧安靜，安靜！」

台下嘈雜聲又漸漸地消失了！

小龍對著麥克風說：「很高興大家今年又聚在一起參加這個一年一度的盛宴。」說到這裡一個可愛的女精靈跑到小龍身旁，將一張閃著金光像聖誕卡片一般大小的信封交到小龍手中，小龍繼續開口。

「經過這一屆評審委員一天來的辛苦，」他淺淺笑了一下，「當然其中也包括我自己，今年我也是評審委員之一……」

台下一陣拍手聲響起，還有人叫著「辛苦了！」「加油！」等。

只見小龍又舉起手來，那隻手還拿著閃著金光的信封套，輕輕揮了兩下以示答謝，繼續開口：「現在，我手上的名單裡便是今年度由各個評審委員，在分組後從全球五大洲之中早已選出的入圍小孩裡，經過一整天的共同相處，親自驗證後再予以評分。由評分後的高低，最後挑選出足以代

表我們雪花島的精靈精神的小孩來，而這個小孩就是今天這個特殊的日子裡所誕生的新的聖誕小公公！……」

台下立刻又響起了一陣掌聲，還伴隨出此起彼落的歡呼聲。

「希臘彼特！加油！」「蒙古薩爾雅齊必勝！」……「俄羅斯伊凡克夫斯基！給他一萬個讚！」

喊聲越來越大，吳小康有些莫名其妙，他轉頭向著小蘿開口問：「他們都在吵些什麼呀？」他這時才發現身旁的小蘿已經坐到了原來小龍的位置上，此時正與坐在她身邊的小陽說著話，吳小康又開口對小蘿問了一次，但他的問句根本到不了小蘿的耳朵裡。於是吳小康將身子更靠向小蘿，打算以能讓她聽見的聲音，其實也就是他準備在小蘿耳朵旁用吼的。

卻不料，就在這時候，小蘿忽然從座位上轟地一下站了起來，用似乎能壓倒周遭所有聲音一般的超高音量叫道：「臺灣的吳小康，超讚的吳小康，唯吳小康獨尊！」

「吳小康，吳小康！！」我這才發現小蘿身旁的小陽也站著，不，是一邊喊著我的名字一邊在原地跳著。

我像一棵枝幹內掏空的枯樹一樣木在位置上，「他們瘋了?!」

「哎呀，起來！」小蘿站在我身旁看我一眼後，忽然用手拉著我外套袖子往上扯，「快，喊你自己的名字！來，吳小康！吳小康！」

我像是接受了小蘿施的咒語一樣，不自主地站了起來，看著朝台上大叫「吳小康！」的小蘿，又看著再一旁小陽邊跳邊叫著「吳小康，吳小

康！」之後，我開口跟著他們兩人叫了「吳小康，吳小康！」

我也瘋了！

由於我們的位置是離看台最近的前方，因此儘管大多數精靈已經或站或跳並高喊著一些不知什麼的名字，但我仍能清楚看到台上的小龍，此時只見他將麥克風夾在自己的右手腋下，然後兩隻手將那張信封緩緩拆開。

那個金色信封有點像是聖誕賀卡一樣大小，本來不算大的，但它在像我們這樣的小孩子手中便顯得有點兒大了。只見小龍折騰了半晌，終於將金色信封撕開。

這時廣場周圍的精靈群們，聲音很快地被一種不明的氛圍壓了下來。現場顯得十分緊張，我看了身旁小蘿與小陽，他們沒有要坐下來的意思。

我又看了台上的小龍，他將手伸進金色信封，還沒有抽出信封內的東西時我已瞄見了裡頭放著紅色的東西，我猜想應該是一張卡片，紅色的卡片！

卡片被抽出了，現場鴉雀無聲，我又轉頭看了一下身後的精靈們，沒有任何一個精靈和我雙目相交，他們全專注在台上，一付全神貫注十分緊張的神態，然而我卻完全沒有緊張的感覺。因為到此刻為止我對一直以來推展的所有情節還處於全然未知當中！

「來自臺灣，」小龍忽然興奮地對著手中麥克風大叫了，「吳小康！今年所選出的足以代表我們樂於行善的人類未來希望的聖誕小公公是——來自臺灣的吳小康！」

全場爆起了掌聲。

我的名字從廣場四周的音箱中傳出，如幻似真。就在我還沒弄清楚到底是怎麼回事之前，我的全身像粽子一樣被包住了，我勉強轉著脖子才看清原來抱著我的是小蘿和小陽，他們兩人像是兩紮厚粽葉將我包在中央，我有點不能呼吸。

「我，」我望著依然大叫著我名字的小陽，有些艱難地開口，「我不能呼吸了！」

小陽聽到了，他以大過四周嘈雜的聲音，對著小蘿說：「你別抱那麼緊，吳小康不能呼吸了。」

小蘿仍舊興奮地笑著，過了一會兒才說：「他嘴跟鼻子在這裡呀，我又沒擋著它們，」說到這裡便對著我說，「來，呼吸！」

小陽說：「哎呀，你抱著了他的肺了！」

「哦！」小蘿笑著將摟抱著我的手放開，瞪大雙眼看著我，卻又再度一把抱著我，這回更誇張，她竟在我臉頰上「嘖！」地一聲用力親了一下！

「我們現在歡迎吳小康同學，也就是今年的聖誕小公公上到台上來！」小龍在台上說。

「在哪裡？」「誰是吳小康？」……「舉手舉手！」

就在大夥兒的吵鬧聲中，我被小蘿和小陽兩人一左一右地拉著從中央高台旁搭好的樓梯慢慢地走到了台上。

小龍在我走到台階的最後一格時便迎上前來，用沒有拿麥克風的那隻手伸來拉住我的右手掌。我便這樣被他牽到了看台正中央。

台下瞬間響起了一陣又一陣地掌聲。

「好啦，」小龍對著跟在我身旁的小蘿和小陽開口，「你們兩個可以下去了！」

小蘿看著我，猶豫著。

小陽卻沒有要移動腳步的意思，才隔大約一秒後，他對小龍說：「吳小康當選，不單是你，我和小蘿兩個也與有榮焉。今天是我們四個人一起跨過雪山走到中央廣場來的，剛好今年你當主持人，應該通融通融讓我們四個人一同站在台上吧！」說完拿手肘輕輕撞了小蘿背後一下。

看台前方幾十公尺遠的地方，有好幾支矗立在場外圍的立燈，它像是街燈，但發出的光又比街燈強很多。有點像是棒球場上夜間比賽時亮在觀球台後側的那些燈群。就是那燈光打在我身上，因此我根本無法看清台下的精靈，除了前面兩三排之外，全成了霧霧的模糊影像。

這時，台下的所有精靈們居然同時開了口，他們唱著一首旋律極其悠美的歌曲。我一開始還沒有聽出唱的是什麼，但才一會兒便聽見了歌曲中有「我們的聖誕小公公」等字，無疑地，它又是一首聖誕歌曲。

突然，打在看台上的燈光瞬間暗了下來，換上了由舞台下方往上射出的一道彩色燈光。因為我們四人站的位置的關係，我只能隱約看出，那彩光像是白天我們走在雪地裡所見到的在遠方山間飄緲流動著的山嵐。在台上的這縷輕美的山嵐裡，映照出閃爍在其中的美麗字跡，就像在人煙不到的山霧裡緩緩群飛的動人候鳥。

「各位，」小龍又拿起麥克風說話，「今年也真的是非常非常的巧合，台上吳小康，正是來自中國的我孔小龍與身旁來自俄羅斯的小蘿和日本的小陽，由我們三個精靈今天所一路陪同而來廣場的人。」小龍走到小蘿與小陽身旁，將他們兩人推到自己前方半步距離，好讓台下的精靈可以看得更清楚。

小龍又繼續說：「一如往年，現在各位可以從霧幕裡的跑馬表單裡看到本年度來自全球五大洲二百六十七個國家或地區的每個入圍者的名字，以及他們個人在小小年紀裡因為自己那顆赤子之心所散發出的愛的情感。最後各位會清楚地看到每個入圍者在包含我在內的七百三十七個評分員所評鑑出的平均總分，我身旁的吳小康毫無疑異地得到了最高分的九十九點六分……」

台下又爆起了掌聲。

「各位，各位……」小龍等待著，大約一分鐘掌聲才安靜了下來，「現在就請各位稍安勿燥，坐在原位觀看吳小康這幾年來所做出的善事，這些事情便是所有評審給他足以壓倒其他入圍者的分數。」說到這裡，小龍牽起了我的手，「現在各位就如同歷年一樣，慢慢觀賞吳小康這些年所經歷的一些小片段。我嘛，就利用這段時間，帶著我們今年新上任的聖誕小公公到台下去準備，很快便到了發送聖誕禮物的時間了。」

小龍拉著我一起往台的後方走去，而小陽與小蘿兩人則跟在我們身後。

其實這個平台嚴格說來並沒有什麼後台，當我正納悶他要將我領到哪裡的時候，圓形平台靠近其中一處邊緣的地方，忽然發出了呷呷的聲音，大約像我家中房間那張雙人床一般大小的一塊木板從一條縫裡緩緩開啟。

咦，當我走近了那裡時才清楚看到了，原來就像我早上見到的小龍與小陽的家一樣，這裡也有一個樓梯通往平台的下方，我心想小龍方才所說的「台下」應該便是那裡吧，還真有點名符其實！

就在這時，台上的光線變暗了。我在下樓前回過頭去看了一下，不看則已，一看之下真是嚇了我一跳。這時台上出現了像電影一般的場景，但卻不是平面而是立體的，畫面上的我正在操場上向同學們說著話，站在我對面的人是陸威廉，我想起來了，那時我正在與他們討論拯救四隻校犬隊的事。

我在樓梯前停下了腳步，指著畫面中的我驚訝地說：「那……」

「那什麼那，」小蘿在我背後笑著用手指撮了我的腰，「那個男孩就是你！」

小陽也笑著跟在我身後說：「沒錯，也就是今年的聖誕老公公！」

小龍應和著說：「就跟你說今天一定會讓你看到聖誕老公吧，不會騙你的。只是我們也沒有料到你居然以最高票當選成為了今年的聖誕老公公！」

我覺得飄飄然，如夢似幻。心中仍有一堆疑問，但也不知道該從什麼地方問起，但卻清楚知道時間會給我最後的答案。

當我們四個人步入了樓梯往下走時，小龍在我們的身影即將消失在平台的時候，抬起頭朝台下的精靈們揮了揮手。廣場已經不在我的視線內，但我耳朵卻聽到了一片掌聲。掌聲之後，由不確定的精靈起了音，他們又開始唱起了一首新的我從沒聽過的聖誕歌曲。我從沒聽過又憑什麼說它是一首聖誕歌呢，其實是因為這首歌的起頭便是許多聖誕歌曲裡有的「叮叮噹」的歌詞，不管這首歌是中文歌、英文歌或是任何一種語言的歌，總會出現這三個字！

「這首歌好好聽，誰能教教我？」走到了平台下方，我開口問。

「時間一到，你自然就會唱了！」他們三人異口同聲回我。

*** *** ***

平台下的光線並不因為在木板下方而顯得黑暗，與外面白天的雪地裡不但不遜色有些地方甚至還更為明亮，因為它們在充足燈光照射下的關係。舞台下方其實並沒有什麼隔間，等於是一個擁有大空間的房子，四周牆上方的垂直角上頭都安裝了串排著的日光燈，燈的瓦數非常強。

然而即便四周日光燈都很強，但還是有所區別的，四面牆中的其中一面上方的燈光要比其它三面更亮，很快地我便發現了其中的原委，因為小龍領著我正走向那面牆。

「來，坐這裡！」小龍說。

「這裡？」我回過頭，咦，居然在我身旁不只小龍他們三個人，還多出兩個長得很可愛的女精靈。

小龍說：「你先坐下，我再跟你說清楚！」

我乖乖地坐在面對這面牆的一張沙發椅上，心中納悶幹嘛要我坐在牆壁前面，好像是我做了什麼錯事需要面壁思過一樣。然而就在我的小屁股才剛坐在沙發上時，一個奇妙的事情發生了。

我面前出現的不是一堵牆，嗯，應該說原來是牆的，但它一瞬間便變化成了一整面油光水滑的鏡子。

我看到了我的斜後方站了三個人，是從鏡子裡看到的，就是小龍小陽和小蘿，他們三人也看著鏡子裡的我的眼睛。而我正後方站著的就是剛才小龍向我介紹的兩個可愛的女精靈。

「康，你好！」其中站在我右後方的一個黃色捲髮的精靈微笑著開口，長到那麼大還第一次有人只叫我一個字，覺得怪怪的，「我叫你『康』，你有沒覺得比較親切？這算是暱稱啦，你不用不好意思，康！」

她看我只是傻乎乎地點頭後，笑著繼續開口，「我今天負責你的化妝！我叫『夢娘』，如果你不介意的話，用一個字的暱稱只叫我『娘』也可以，咯咯咯……！」

我還沒有回過神來，沒想到又有人開口了：「康！你好，我叫『幻媽』，」說話的是另一個站在夢娘身旁有著粽色直髮的精靈，「我今天

負責你的衣著裝扮！如果你不介意也用暱稱叫我『媽』就可以了，咯咯咯……！」

「喂，小夢、小幻！妳們兩個別耍寶了行不行，動作快點，吳小康馬上就要上台了！」小蘿笑著罵了她們倆，原來她們兩人一個叫小夢，另一個叫小幻。

我從鏡子裡再細看她們，這才發現她們兩人除了頭髮之外，長得真是像極了，也許是雙胞胎。我回說：「為什麼我要化妝要打扮？」

兩個精靈相顧而笑。其中捲髮小夢看著鏡中的小龍說：「哎呀，你還沒有告訴他嗎？」

小龍這才對著鏡中的我開口：「吳小康，在我們雪花島裡的精靈們其實是來自地球村的人，我們中的一些人肩負著一些任務，至於負責這些任務的是哪些精靈，到目前為止我也還不知道，只是我被告知的是：『時候到了你自然就會知道了』，這就是你今天一再聽到的一句話。不過，你是抱著一肚子疑問，而我卻是很清楚這句話是真實的，有些事情我不知道只因為時間還沒到。我……」

「哎喲，拜託你好不好，」小蘿站在小龍身邊，用手拍了他外套一下，「像你這麼說，是神仙也聽不懂。」她把小龍拉到身後，自己則往前方站了一步，離我只有兩步遠，「吳小康呀，其實我們三個人在好多年以前都跟你有一模一樣的經歷……」

「什麼經歷？」我忍不住開口問。

「我來說……」這回換成小陽站上前來，「我們也是在莫名其妙的情形之下到了雪花島的，但是現在我們也都知道這是怎麼一回事了。簡單地說，就是其實在雪花島裡有一些資深的精靈，他們可以看得到地球村每個角落裡的各個小孩子的一舉一動……」

「他們用什麼方法看得到？」我不禁懷疑，小陽的說法太奇怪了。

「這你現在不用知道，等時候到了自然會曉得，」小龍笑著說，「像我也是兩年前才瞭解的！」

小龍從鏡子裡看了我緊皺著眉頭，才又補充說：「不是我們要賣關子，而是就是現在跟你說你也未必清楚，搞不好還有更多疑問產生！」

小蘿聽到這裡，卻忽然站到了我身旁，她不對著鏡子裡的我，而是看著她面前真實的我開口：「我想，還是至少跟你說一些你可以懂得的話，免得你還是一肚子疑問，好多年前的我就是這樣。我的想法是，能讓你多知道一分是一分，其它不理解的部份再讓時間慢慢替你消化，好不好？」

我望著面前的小蘿點頭，而我身後及身旁的兩個精靈依舊認真地在為我裝扮著。

小蘿繼續說了：「你現在將要打扮成的身份便是你一直以來以為不存在的聖誕老公公！」她看著我忽然睜大的雙眼，「沒有錯，是聖誕老公！但我們這裡叫他為聖誕小公公。就是世界上大多數的小孩心目中的那個人，也就是世界上幾乎所有的大人認為根本不存在的那個人。而那個人

其實一直都存在著，每年的今天夜裡他真的會出現在黑暗的天空。在雪花島裡每年會從在地球裡挑選出的若干名候選小朋友，藉由往年當過候選聖誕小公公的這些人，也就是你今天所見到的這麼多的精靈……」

我專心地聽著小蘿說著這件事，完全沒有注意到精靈之一的小夢正替我在我的臉上貼上了一堆白色的假鬍子。

「由這些精靈中的資深者，依照當年度的來自世界各國的候選小朋友，在每個入圍小朋友的檔案資料之中，依他這幾年做過的善事分別評分，最後選出總分數最高的一個，這個人便是當年度誕生的聖誕小公公！」

我相信我的眼睛當時瞪得夠大了，開口說：「妳是說……」

小蘿看著我的大眼睛，瞇著她的一雙眼睛回應我，她沒開口只是微笑點頭。

「沒錯！」是小陽跳到我面前，對我說，「你就是今年所選出的那個小朋友！」

小龍也站到我的另一側，開口：「也就是正在誕生中的聖誕小公公。」說著便指著鏡子裡的我，示意我看。

如果說剛才我的眼睛睜得像核桃那麼大的話，那麼當我看到鏡子裡時，我的眼睛應該說已經比我的頭還要大了。為什麼？到底是為什麼，發生了什麼事了，我居然在鏡子裡消失了。

「我……，為什麼……」我吞吞吐吐，嚇得語無倫次。

「沒有錯，」小蘿還是笑著，「你已經變成了聖誕老公公了！」

小蘿的話像是回音女神不斷地在我耳朵裡發出聲音：「你已經變成了聖誕老公公了！你已經變成了聖誕老公公了！你已經……」

「我……」我仍然沒有會過意來，只能又看了鏡子裡的影像。

「沒錯，就是你！」小龍笑著指著鏡子裡坐著的那個人，「你就是今年的聖誕老公公，我不是跟你說過，這個世界上真的有聖誕老公公。只是我跟你說的時候完全沒有料到，今年選出的人會是你！」

我這時才發現我其實還在鏡子裡的，只是自己剛才沒有看出來，那個坐在鏡子裡椅子上，望著已經被打扮為一臉白色棉花鬍鬚，頭上戴著三角垂錐滾白邊紅底絨毛帽，一臉呆狀的聖誕老人是——我！是的，是我——

吳小康。

「來，」精靈小幻用手輕輕搖著我的肩膀，「別發呆！我們來試穿一下這件衣服！小夢妳那裡可以了嗎？」她最後一句話是對著站在她對面的精靈小夢說的。

「可以了！」小夢回應了後，又用手調整了一下我紅帽子尾端垂下的角度，然後拉了一下我的臂膀示意我站起來。

我立刻像個乖寶寶一樣站起來，面對著前面的鏡子，依舊不敢置信地望著鏡子裡的「聖誕老公公」，他肩膀以上像了，但肩部以下仍然是我原來穿進來時的夾克。我心想，幸好這衣服還穿在我身上，否則我還可能直到現在也還沒找到鏡子裡的自己呢。

「說一件你一定不會相信的事，你真的不會相信，我知道！」小蘿趁精靈小幻替我套上一件與帽子同花色的滾白邊紅底厚絨長大衣的時候，繼續對我開口，「我之所以會這麼確切地知道，那是因為當年我也同樣不相信這件事！」

「什麼事？」我沒有意識地開口問，好像不是我要問，而是這個新誕生的聖誕老公公要問似的。

小蘿分別看了小陽和小龍兩人一眼後，對我開口：「你一定不會相信的是小龍的年紀，還有我跟小陽兩人的年紀。我先不說我自己的，因為女生的年齡一直都是個秘密，但我可以告訴你小龍的歲數，你先猜猜看他多大了？」

「雖然他看起來不大，但說起話來有點成熟。不過我想可能十一歲吧，也可能十二歲了，對嗎？」我問。

他們三人都開口笑了，不對，是五個人，連兩個替我裝扮的精靈也面露笑容。

「他比你爸媽的年紀要大！」小蘿笑著說，「我知道你不會相信，但我說的是實話！」

我故意不要顯出驚訝的表情，開口說：「我爸爸比我媽大三歲，他今年四十一歲了！」

「那你媽媽還不到四十歲囉？」小蘿問。

「對，」我點點頭，帽錐隨著我也點了兩下，「小龍難道比我媽媽三十八歲還大嗎？」

小蘿笑了，說：「哦，我可能剛才沒有說清楚，我其實是說，小龍的年紀比你爸媽兩人的年紀相加還要多！」

小龍跟小陽笑著，兩個精靈也笑著。而我，則笑得更大聲！

兩旁的精靈總算將我這個聖誕老公公裝扮完成，我依她們的指示站起身，同時在鏡子前順時鐘轉了一百多圈後又逆時鐘再轉一千多圈，總算大功告成！我們六個人同時望著鏡中的聖誕老公公，他才是今天的主角。

「怎麼樣？」精靈小夢開口問，「滿意嗎？」

我沒回答，因為我不知道她們是不是問我，因為她們的眼神都只是看著鏡中的聖誕小公公。正當我陶醉在自己的裝扮之中時，一陣掌聲讓我回過神來，掌聲來自外頭的中央廣場。

「好了，走吧！」小蘿用手再替我理了理新衣服的下襬，「今年的聖誕小公公即將要正式出現在精靈們的面前了，吳小康加油！」

「加油！」小龍和小陽也開口，「吳小康加油！」

於是我跟著他們的腳步，懷著忐忑的心慢慢地步上了台階。在那個時刻裡，我早將剛才的對話忘得乾乾淨淨，完全不會想到小蘿在三分鐘之前所說的，就是小龍的年紀比起我爸加上我媽的總和還要多，我不會料到，小蘿說的話居然是真的！

第六章

我們幾個人又在四支高亮度的探照燈打光之下出現在廣場平台中央，四周比起剛才出現了更大的拍手聲，一波接著一波，然而這次卻是有節奏的，像是無言的口號！

「快，」小龍在我耳畔提醒，「吳小康，你應該舉起雙手向所有的精靈們致上謝意！」他說完後看我一臉茫然，便又開口，「來，像我這樣！」

小龍將兩隻手高舉過頂，臉上露出了燦爛可掬的笑容，然後看著我眨了兩下左眼，於是，我也學著他把兩手舉了起來。

就在這時，我發現小蘿和小陽也和我們一樣，分別舉起雙手。不單如此，小蘿還開心地原地跳著，邊跳邊緩慢地順著時鐘方向朝四方的群眾揮舞著她的手掌。小龍和小陽好像也受到感染，兩人也開始和小蘿做出同樣的動作。

這時，小龍用手拍了一下我的肩膀，跟他從早到晚混了一整天，我已經能立刻會意他是要我也跟著他們一起動作。於是我也隨著四周精靈們拍手的節奏開始緩慢地跳躍旋轉，不過我還是覺得有點不好意思，因此我跳得不是很高，不像小陽那樣，他是跳得最高的一個，像鞋子底面裝有彈簧，那德性看起來就好像有人在他腳旁點燃了一串鞭炮。

當我跳了半圈時，一幕奇特的景像出現在我面前，我驚訝地瞬間停住了，放下雙手呆呆地原地站立。

我根本沒有注意身旁的夥伴們是否仍在跳躍仍在拍手，因為在我面前出現的情景，只有可能是在夢裡才會有的幻象，但此刻它們卻活生生地出現在我眼前。

那應該算是舞台的最後方吧，也就是在我走下去化妝成現在這付聖誕小公公模樣的地下室樓梯口的後側，停了兩列由韁繩串聯著的麋鹿，在牠們的最後方則是一輛雪橇，那兩兩併蹄著的麋鹿有的低頭嗅著舞台木質地板，有的和一旁的同伴像是在交換著訊息，總之，都在忙碌著。我默默計算著，一、二、三、……、二十三、二十四，共有十二對！

「哇，」小蘿站我身旁大叫一聲，把我從幻夢中驚叫了回來，「好棒喲吳小康，今天我們要坐上它去遊覽去送禮了！」

我還沒來得及開始思考小蘿的話，一旁的小龍也接著說：「吳小康，我們今年真是託你的福了，謝謝你！」

在十二對麋鹿的最後方，那輛裝飾非凡的雪橇禮車，看起來就像爸爸公司老板的一輛又長又大又亮的黑色轎車一樣。但它的樣子要更漂亮，兩側有非常亮眼的彩繪，包括海棉寶寶、喜洋洋、小小兵、皮卡丘……等卡通人物，車頂四圍還點綴著隨著麋鹿的蹄動而搖擺晃抖著的紅黃色相間的流蘇。

「現在，我們便歡送來自臺灣的吳小康，今年誕生的聖誕小公公，上到聖誕車上代表我們雪花島上所有的精靈們，將一樣樣的禮物送到世界各地給值得我們贈送耶聖禮物的小朋友的房間裡，……」

我四處張望，這次說話的人不是小龍，那是一個小女孩的聲音，然而不是小蘿，也不知道她是在什麼地方發出聲音的，只聽到她繼續說著：

「今年就由參與今天陪同了吳小康一全天，經歷了白天的徒步旅程後，現在仍伴隨在吳小康身旁的，他們全部是過去的某一年裡入圍了聖誕小公公選拔的三位精靈，他們都是因為與吳小康一樣生長在亞洲，因此今年有幸陪同在他身邊。這三位精靈分別是來自中國的小龍與來自日本的小陽，還有來自俄羅斯的小蘿。現在就讓我們一同鼓掌，歡送他們四人代表我們全體精靈，再陪伴著吳小康接下來最重要的一程，那就是將聖誕禮物一一送到全球五大洲之中，夠資格領取這些禮物的小朋友的手中！」

一陣前所未有的響亮掌聲又在我耳邊炸了開來。我看到了小蘿小龍與小陽三人對著台下的所有精靈揮著手，我也跟著他們將我的手舉起，帶著驚奇又愉快的笑容對著台下四周使勁地揮擺著我的手掌。

就在這時，有人開口唱歌了，但因為拍手聲音太大聽不清楚。不過才過了一會兒便開始有人應和著，漸漸地，唱的人越來越多。到後來，變成了全體精靈的大合唱，那又是一首聖誕歌曲，一首更好聽的歌。

不過，我卻發現他們這一次唱歌和此前的幾首明顯不同。一開始我還沒有發覺哪裡不一樣，但很快地，當他們唱到叮叮噹時，我知道了。原來

只有在唱到這三個字的時候每個人的歌詞才會一致，我這時才發現原來他們都是用世界各國不同的語言唱出的。突然，我聽到了讓我非常熟悉的國語，我驚訝地四處尋找，是誰唱出來的，也許那精靈也來自臺灣，要不就是和小龍一樣來自大陸！

就在此時，走在前方的小龍率先將雪橇禮車的側門打開，小蘿在身後推我一下，讓我低頭鑽入了車內；小蘿也毫不客氣地進來，就坐在我身旁。小龍和小陽兩人開了禮車的後車門，也一前一後進到了禮車內。

裡頭的擺設簡單典雅，座位非常舒適。在我的坐椅前方，有個固定式的立袋，裡面放著一個和我們家一樣的平板電腦，它露出袋子口有大半截因此我上車便發現了。

「哇，」小蘿在我身旁驚叫，「居然還有『哎配』呀！」她伸手將座位前的平板抽了出來，原來她的座位前也有一台。小龍和小陽探頭過來看見後，也發現在他們座位前都各放了一台，於是兩人興奮地將各自的平板電腦取出。

我聽到身後的小龍對小陽說：「這蘋果怎麼是左右都缺了一口呀？」，小陽則輕聲回說：「是山寨版的嘛！」於是我看了一下我手中的，的確是一個缺了兩口的蘋果。

精靈們還在唱著那首各種語言的非常好聽的耶誕歌，我仍然可以聽到其中的國語聲音「……帶著白雪般的純白心靈，為大地攜來無窮希望……」，我聽出其中的歌詞。

我將平板電腦放回袋子，轉頭自雪橇禮車的大窗往外張望，因為那個唱著國語發音的精靈的歌聲正是在窗外的某個方位傳遞而來的，我看著一張張正快樂唱歌的臉龐。忽然雪橇一陣晃動，引得頂端裝飾著的整排鈴鐺一陣亂響，其間還夾雜著雪橇前那十二對麋鹿頸子下方所配的金色鹿鈴也隨著輕脆地響動應和著。

我本能地伸手握緊了坐椅前方安裝的ㄇ型把手，讓自己的身體能安穩地坐著。果然，就在幌動的下幾秒鐘，雪橇開始往前移動了，我注意到了前方麋鹿的後腿鼓起了由軟變硬的肌肉，牠們載著我們四人的雪橇往前拖移。沒想到才過一兩秒，速度忽然加快了，不單加快，而且竟然還騰空而起。天呀，我們像是坐在飛機上離地面越來越遠。廣場裡的精靈們仍舊唱著歌，而隨著他們看起來越來越小的身影，傳入我耳朵裡的歌聲也越來越小聲。

就在我以為即將要離開雪花島時，不料，麋鹿將雪橇在飛到大約像臺北一〇一那樣的高度時，轉了個大彎，接著又往下方也就是廣場中央如同一列雲霄飛車般「衝」了下去。於是精靈們的身影又漸漸變大，歌聲也回復成清晰可聞。

就在雪橇幾乎觸碰到精靈們的頭頂時，嗯，至少我是這麼感覺的，真的就好像要碰到他們時，雪橇就又開始拉高了。然而，就在這時候，我又清楚地聽到了國語的歌聲，這一回，不但聽到了歌而且我還看到了是誰唱的了，那是一個看起來比我還小個一兩歲的小孩，一個我敢打包票我真的曾經見過他的一個小男孩。他正高聲唱著聖誕歌，不單如此，還又邊唱邊舉起雙掌，手舞足蹈。我驚訝地兩手扶住雪橇門框，將頭探出窗去，只為了再看清楚一點這個精靈。

我真的是看清了，雖然雪橇將我越拉越遠，但我能百分之百確定那個精靈是一個我認識的人，甚至方才在雪橇離他最近的那一剎那裡，他還給了我一個特殊的笑容，連那個笑容也是我見過的。但！他是誰？我能確定他是一個我不但見過而且還認識，不但認識而且還似乎有些熟悉。話雖如此，但，我真的想不起來他究竟是誰！

「請看著你平板電腦上的畫面，……」忽然我耳裡響起了一種電子聲音，是平板電腦裡發出來的。我注意到身旁的小蘿正看著她平板裡的畫

面，於是我立刻將我的「哎配」從前方取出，放在兩腿上，「……，現在，我們到達的地方是北歐的瑞典，螢幕上紅色閃爍著的便是第一個你要贈予禮物的小女孩，一旁跑馬燈是她最喜歡的禮物列圖，你可以在十秒鐘內選擇一項，只要觸碰一下便可完成了你的任務，但吳小康你可以先在螢幕上方空白處，以手指簽下『聖誕老公公贈』六個字，讓小孩子們留作紀念，只須簽名一次即可，則送出的禮物皆會留下此六字簽名。除了吳小康得以有這權力外，小蘿小龍和小陽，也歡迎你們協助吳小康完成今天的任務，依你們一直以來助人為樂的個性來看，相信你們一定會很樂意幫他這個忙的，……」

接下來，我們四個人便坐在雪橇上頭，這是我們第一次坐上了雪橇，它用了一夜的時間載著我們繞了地球一圈。那是一次不可思議的經驗，我看著平板電腦裡該在今天得到禮物的孩子的面孔以及他們的簡歷。同時我還必須在眾多禮物裡挑選出其中的一個，按下螢幕上的虛擬按鈕，將禮物贈送出去。每送出一個，我都暗自在心裡告訴受贈者：「你好，我是聖誕老公公！不用懷疑，這個世界上真的有聖誕老公公，希望在你醒來發現了這個禮物時，能非常喜歡它，這是你應得的。未來要繼續好好表現，再見！」

但是每當我看到螢幕上的禮物裡，有我最喜歡的爆丸禮盒，而且是原版的，我就很希望能把這個禮物送給我自己。當雪橇到達臺灣上空時，我

本來以為麋鹿會將禮車帶到我們家上方，但最終牠們沒有。不過，雖然如此，這還是我這輩子最難忘的寶貴一夜。

*** *** ***

「小康，小康」一個熟悉而溫柔的聲音在我耳畔響起，「起來了，快來看看是誰送了一盒禮物給你，快起床！」

我猛然地睜開兩眼，朦朧地看著眼前的人。

「媽！」原來是我媽。

「起來了，」媽用兩張溫暖的手掌夾住我還躺在枕頭上的臉頰兩側，「起來看看聖誕老公公送你什麼禮物?!……喂，喂，你跑慢一點呀……」

第六章

我從床上彈了起來，以拉肚子快拉到褲子的速度衝出我的臥房。

客廳的桌上放著一個盒子，盒外用亮著的紅色透明玻璃紙整齊的包著。不，那不是我所希望的爆丸禮物，我送出的千百個禮物都沒有外包裝，儘管如此，我還是迫不急待地雙手捧起了禮盒，一屁股坐在木質地板上，三兩下便將玻璃紙外包撕了開來。

包裝紙內是一個同樣顏色的絨布面紅盒子，我迅速地打開它。忽然一陣悅耳的鋼琴聲音響起，天哪，那是我在雪花島裡聽到的最後一首精靈們哼唱的聖誕歌曲。

「哇，好好聽哪！」媽站在我身後看著我手上的禮盒說著。

「不是爆丸！」我在心裡嘆了口氣！

但，我失望的時間才一會兒，因為就在兩三秒之後我便發現那紅盒子不只是一個我以為的音樂盒，它的裡頭還放著，放著，放著我最最最想要的爆丸禮盒，盒裡不同類型的六顆爆丸透過透明蓋子向盒外的我招手。我快樂地大叫一聲，拿起了那爆丸再也按捺不住地轉過身抱著我的母親，卻完全沒有注意到盒子裡掉出了一張小卡片。

當我鬆手放開我媽後，便急乎乎地以最快的速度將爆丸禮盒拆了開來，拿出我朝思暮想好長一段時間的爆丸，就地在客廳地板上玩了起來。

我是一直到了當天晚上上床準備入睡時才知道簽名卡片這件事的。

當晚，在我玩累了之後上床閉上眼睛不久，迷糊間聽到了爸爸和媽媽

兩人在客廳裡談論著事情，不知道為什麼，直覺地曉得他們正在說關於我的事情。出於好奇，我掀開被子披了一件厚外套，躡手躡腳地走到房間門口，從門縫裡偷聽爸媽在說些什麼。

媽對爸說：「禮盒裡還掉出來這張卡片！」

其實他們在說的並不是我，而是我遺落的那張卡片。媽以為我的禮物是爸買的，但爸下班後否認了。媽將卡片拿出來，兩人好奇的是卡片上簽了「聖誕老公公贈」六個字，但卻是用印的。

「重點不在這裡！」媽對著爸說。

「那什麼是重點？」爸好奇地盯著媽瞧。

「重點是這筆跡百分之百是你兒子吳小康的，能把字寫成這麼醜的小孩全世界找不出第二個！」

我看到了媽手上揚著一張粉紅色卡片，那就是我在雪橇上的「唉配」螢幕裡所見到的。直到這時我才知道原來我送給了自己的除了爆丸禮盒外，還有一張簽名卡片呢！

隔天上午吃完早餐，在整理書包的時候我媽問了我禮盒的事。

「不是聖誕老公公送的嗎？」我瞪大眼睛問她。

「聖……，」媽一臉茫然，「你都多大了，還以為真的有聖誕老公公嗎？」

「那以前妳為什麼說是聖誕老公公送我禮物的？」

「以前？」媽有點要抓狂的樣子，「以前是老娘我花錢買來送的！」

「哦，那妳幹嘛那麼多年都不再送，今年又送？」

「我……，你……那盒子裡怎麼會有你的簽名卡片？」媽把卡片遞到我面前。

「欸，真的耶！」我假裝好奇，「妳去哪裡印的呀？」

「不是我印的，爆丸也不是我買的，也不是你爸買的，你說，到底是誰送你的？」

「我怎麼知道呀？」我信守雪花島的承諾，不能吐露出任何事，因為我一年之後還想再回雪花島去，「也許真的是聖誕老公公！媽，我校車來了，快來不及了啦！白白……」說完後，我飛快地開了家門，往電梯口跑去。

兩年時間很快過去了，雖然我當年只有十歲，但我知道在我十歲那年的聖誕夜是在哪裡以及是如何度過的，這件事將陪伴我一輩子。

我是直到離開雪花島的兩年後，才想起了那個唱著國語歌曲，看起來比我年紀還小的男精靈，他到底是誰。那一整年裡我總是會想起當我乘坐的雪橇在離開雪花島時，他對我露出的那一抹微笑，我十分確定這個人的笑容我絕對見過的。

當第二年，我在夜晚八點三十六分打開我的房門時，有意回頭問了我媽「現在幾點幾分？」，當我媽給了我一個對我來說十分重要的答案「八點三十六分」時，我重新回到了雪花島。每個精靈要回雪花島都必須要有

各自的密碼，我和我媽這兩句看似簡單但不能錯一個字的對話，是我是否能回到雪花島的密碼！但從第二次光臨雪花島開始，我的身分已經從等待著由其他資深精靈評分的小孩變成了對新出現的麻瓜小孩評分的評審精靈了。

我又見到了小蘿小龍以及小陽，雖然他們的年紀實際上比我大上許多，但我們卻像是同年紀的孩子一樣，我們每一年都會以第一次到雪花島同樣的面容出現，也就是每一年我都會以十歲那年的面容出現在雪花島上，就算我到了七八十歲時也一樣！

在後來的兩年裡，我試圖在雪花島裡找到帶著那一抹微笑的男精靈，但卻從來沒有再遇見過。但今年，我知道我再也見不到他了，因為就在我

第三次去雪花島的一個月後，我在學校見到了陸威廉手臂的袖上別了一截麻草，他爺爺過世了。

我永遠也不會忘記那一年在京華城的玩具商場，見到了陸爺爺給我的那抹詭異的笑容。我常常在想，陸爺爺將這個秘密隱藏在心底一輩子，是怎麼辦到的？有的時候我又會想，陸爺爺雖然過世了，但其實他只是不在這個空間而已。至於他到了什麼地方，資深的精靈們一定是知道的，一如小龍曾說過「有些事情我們不知道，只是因為時間還沒有到罷了！」，但我確信無論他到了哪裡，一定會將精靈們的精神傳遞出去的！

【全文完】

兒童文學20　PG1327

聖誕小公公

作者／姚霆
責任編輯／劉璞
圖文排版／周好靜
封面設計／楊廣榕
出版策劃／秀威少年
製作發行／秀威資訊科技股份有限公司
114 台北市內湖區瑞光路76巷65號1樓
電話：+886-2-2796-3638
傳真：+886-2-2796-1377
服務信箱：service@showwe.com.tw
http://www.showwe.com.tw

郵政劃撥／19563868
戶名：秀威資訊科技股份有限公司
展售門市／國家書店【松江門市】
104 台北市中山區松江路209號1樓
電話：+886-2-2518-0207
傳真：+886-2-2518-0778

網路訂購／秀威網路書店：http://www.bodbooks.com.tw
國家網路書店：http://www.govbooks.com.tw
法律顧問／毛國樑　律師

總經銷／聯寶國際文化事業有限公司
221新北市汐止區康寧街169巷27號8樓
電話：+886-2-2695-4083
傳真：+886-2-2695-4087

出版日期／2015年10月　BOD一版　**定價**／260元
ISBN／978-986-5731-23-6

秀威少年
SHOWWE YOUNG

國家圖書館出版品預行編目

聖誕小公公 / 姚霆著. -- 一版. -- 臺北市 : 秀威少年,
2015.10
面 ;　公分. -- (兒童文學 ; PG1327)
BOD版
ISBN 978-986-5731-23-6(平裝)

859.6　　104005582

讀者回函卡

感謝您購買本書，為提升服務品質，請填妥以下資料，將讀者回函卡直接寄回或傳真本公司，收到您的寶貴意見後，我們會收藏記錄及檢討，謝謝！
如您需要了解本公司最新出版書目、購書優惠或企劃活動，歡迎您上網查詢或下載相關資料：http:// www.showwe.com.tw

您購買的書名：________________________________

出生日期：________年________月________日

學歷：□高中（含）以下　□大專　□研究所（含）以上

職業：□製造業　□金融業　□資訊業　□軍警　□傳播業　□自由業
　　　□服務業　□公務員　□教職　□學生　□家管　□其它_____

購書地點：□網路書店　□實體書店　□書展　□郵購　□贈閱　□其他

您從何得知本書的消息？

□網路書店　□實體書店　□網路搜尋　□電子報　□書訊　□雜誌
□傳播媒體　□親友推薦　□網站推薦　□部落格　□其他__________

您對本書的評價：（請填代號　1.非常滿意　2.滿意　3.尚可　4.再改進）

封面設計____　版面編排____　內容____　文／譯筆____　價格____

讀完書後您覺得：

□很有收穫　□有收穫　□收穫不多　□沒收穫

對我們的建議：________________________________

____

____

____

請貼
郵票

11466
台北市內湖區瑞光路 76 巷 65 號 1 樓

秀威資訊科技股份有限公司 收

BOD 數位出版事業部

....

（請沿線對折寄回，謝謝！）

姓　　名：____________　年齡：________　性別：□女　□男

郵遞區號：□□□□□

地　　址：____

聯絡電話：(日) ________________ (夜) ________________

E-mail：____